ゴーストシリーズ②

ゴーストソング

スーザン・プライス／作
金原瑞人／訳

父と母へ
またせて、ごめんなさい

ゴーストソング　もくじ

第一章
夏至《げし》の夜

あなたが今いるところから、はるか彼方《かなた》の湖のそばに立っているのは、一本のカシの木。

そのカシの木の幹《みき》に巻きついているのは一本の金の鎖《くさり》。

その鎖につながれているのは一匹の猫。それも世界中でいちばん物知りの猫。猫がいつもぐるぐる歩きまわっているのは、一本のカシの木のまわり。

あちらにいっては歌い、
こちらにきては語る。

その猫の語る話のひとつが、これ。

これは（と猫は語る）、はるか遠く、皇帝《こうてい》のおさめている北の国の話。その国では、明るい夏が一年の半分、暗い冬が一年の半分。

これから不思議《ふしぎ》な話をしよう。夏がきて冬がきて、地球は回転する。夏はとても短いが、夏の間、日はとても長い。まぶしい一日はたえまなく次の日に流れこみ、太陽は真夜中でも輝いている。

ところが冬はとても長く、日々、日が短くなっていって、ついに真昼でも暗く、雪におおわれた大地の上にはすべてを凍《こお》りつかせる黒い空がのしかかる。その空には無数のまばゆく輝く星が散らばり、白い、白い月が出る。

この話は（と猫は語る）、この寒い荒野《こうや》で始まる。そこでは積もった雪から立ちのぼった月の光が闇《やみ》を半分溶かして銀の霧《きり》に変える。この話は、マリユータという猟師《りょうし》がひとりで雪原《せつげん》を歩きながら、仕掛《しか》けた罠《わな》に獲物《えもの》がかかっていないか確かめているところから始まる。

マリユータの左足は長いスキーに、右脚は短いスキーにくくりつけてある。手袋をはめた片方の手に持った弓を棹《さお》がわりに体を前に押し出すようにして、雪原を滑《すべ》っていく。風がその顔に氷の結晶《けっしょう》を吹きつけ、大きな毛皮のフードの縁《ふち》をはためかせ、うならせる。その悲しい、悲しい歌をきくと、マリユータは何キロも離れた村や、友だちや妻のことに思いをはせる。

村も、仲間も、妻も、おれのことを忘れてしまっているだろう。こんなに寒く、何もない場所では、自分のことを思い出すのもむつかしい。マリユータは自分が幽霊《ゆうれい》のような気がした。もう死んで風の声に乗り、果てしなく寒い闇のなかを風のように飛んでいるような気がする。

冬の続く何ヶ月かの間ずっとストーブのまわりで暖《あたた》まっている男たちもいるが、マリユータはちがう。マリユータは皇帝の奴隷《どれい》で――皇帝などみたこともなかったが――皇帝は毛皮を欲している。黒くて柔《やわ》らかいクロテンの毛皮、白くて柔らかく尻尾《しっぽ》の先だけ黒いオコジョの毛皮、オオカミやオオヤマネコの毛皮、マントや部屋履《へやば》きの内側に縫《ぬ》いつけるビーバーの毛皮。皇帝がそういった毛皮を欲するのは、そういった毛皮を身にまとうと、本物の皇帝になったような気になれるからだ。そしてそういった毛皮を臣下《しんか》に与えてやれば、本物の皇帝だと思ってもらえるからだった。

そんな皇帝の望みをかなえるために、マリュータは毎年冬になると家族を置いて家を空け、そういった動物を狩りに出かけなくてはならなかった。罠にかけて、仕留《しと》め、皮を剝《は》ぐ。マリュータは皇帝の狩人だった。

ある日のこと（と猫は語る）、仕掛けた罠のなかに、死んだクロテンがかかっていた。マリュータはスキーから足をはずすと、雪のなかでしゃがみ、かたく凍りついた小さな死骸《しがい》をみた。死んだときのまま体をよじらせたクロテンの首には紐《ひも》が食いこんでいる。うっすら光る雪の上に転がった死骸は信じられないほど黒く――光ともいえない、とぼしい光のなかでも――白い雪と黒い毛に散った血はあざやかに目に映《うつ》った。

「最初の息子は」マリュータは、氷柱のたれ下がったもっさりしたひげの下からいった。もうすぐ、子どもが生まれるのだ。

「……最初の息子は――黒い、黒い髪の子がいい。母親の髪のように黒く、このクロテンの毛のように黒い髪の子がいい。肌も歯も、この雪のように白く、唇《くちびる》も頰《ほお》も体のなかを流れる血のように、雪に散った血のように赤い子がほしい……黒くて、白くて、赤い息子。クロテンのような、雪のような、血のような息子がほしい」

　マリュータは望みを声に出していった——その場で、その寒さのなかで、闇のなかで、ちらちら光る何もない雪原で——その言葉がどこまでも風に乗っていく雪原で。マリュータは自分の仕掛けた罠にかかって死んだクロテンの上で望みを口にしたが、その怒った霊《れい》をなだめる言葉はひと言もかけてやらなかった。クロテンはいつも怒りと不安を抱《かか》えて飢《う》えているというのに。

　そのような願いを言葉にするのは決して賢《かしこ》いことではないが、それを、こんな場所で、こんな獲物の前で口にするのは、災《わざわ》いを招《まね》くようなものだ。

　しかし、人間がどんな災いを自《みずか》ら招こうとも、地球は回り続ける。そして回るうちに、日は長くなり、夜は短くなる。長い冬の夜が砕《くだ》けて、短く薄明るい日々に変わっていくと、マリュータはテントと凍った毛皮を橇《そり》に乗せてトナカイに引かせ、青い目の毛むくじゃらの犬を数匹従《したが》えて、雪原の上を、都《みやこ》へ、皇帝の倉庫《そうこ》へ向かった。そして毛皮をおさめると、かわりに食べ物や着る物をもらい、役目を終えて、村にもどっていった。

　マリュータは犬といっしょに橇《そり》の横を走った。橇《そり》に乗ればそのぶん重くなって、帰るのが遅くなるからだ。解けかけた雪の上を、橇《そり》を引いて走るトナカイを手伝ってやった。もっと速く、もっと速く！　頭のなかも、心のなかも、イェフロシニアのことでいっぱいだった。マリュータはつい一年前、イェフロシニアと結婚したばかりだったのだ。

　マリュータは若くもなければ顔立ちもよくもなく、奴隷だったので貧しかった。だから長いこと結婚しないままだったし、わが家と呼べるところもなかった。冬はひとりで過ごし、短い夏は皇帝の持っている村で過ごした。皇帝の狩人として、そこでの寝泊《ねと》まりが許されていたのだ。しかし、長い、長い間ずっと、妻と子どもがほしかった。狩人に妻がいなくてどうする。冬の闇のなかに出ているとき、妻がいなければ、自分のことを思ってくれる人はいない。ふたたび夏になったとき、家の火明かりのなかに迎え入れてくれる人はいない。奴隷に子どもがいなくてどうする。奴隷が自分のものといえるのは、子どもだけなのだから。

　しかし、マリュータは女の人に向かって結婚してほしいという勇気はなかった。そしてイェフロシニアと出会った。マリュータは若くなかったが、イェフロシニアも若くなかった。マリュータは顔立ちがよくなかったが、イェフロシニアも顔立ちがよくなかった。マリュータは何も持っていなかったし、イェフロシニアは不細工《ぶさいく》で、皇帝の土地で働く奴隷の長女だったので、それ以下といってよかった。そこでマリュータは、妻になってほしいといい、イェフロシニアは、喜んで、と返事をした。

　そんなわけで、雪解《ゆきど》けのぬかるんだ道をマリュータが橇《そり》を引いて村にもどってくると、イェフロシニアが大きなショールを体に巻いて待っていた。イェフロシニアがせいいっぱい美しく――黒く長い髪と、黒い瞳《ひとみ》で――雪のなかに立つその姿をみて、マリュータは美しいと思った。一方、イェフロシニアはマリュータの大きな四角い顔と、もっさりした金色のひげと、もっさりした巻き毛をみて、四角い顔をした毛むくじゃらのテリア犬みたいだと思った。そして、こちらに走ってくるマリュータが吠《ほ》えるんじゃないかと思った。

「いい知らせがあるのよ、わたしの大きなワンちゃん」イェフロシニアはマリュータのひげを引っぱっていった。「もうすぐ子どもが生まれるの」

マリユータは妻を抱きしめてキスした。そしてその晩は、思い切り酒を飲んで、帰宅と、生まれてくる赤ん坊のために乾杯《かんぱい》した。赤ん坊は男の子だとわかっていた。黒くて、赤くて、白い息子だとわかっていたのだ。

夏がやってきた。短く暑い夏だ。太陽の熱がやさしく肌をなでる。子どもたちは裸《はだか》で、村の土埃《つちぼこり》の立つ道を走り、犬は身を伏《ふ》せてあえぎ、猫は丸くなって日向《ひなた》ぼっこをしている。女たちはショールを取り、靴下を脱いだ。働く男たちはシャツを脱ぎ、日光がその肌から水分を吸い上げて、男たちの肌を焼いて革のようにしてしまう。

時間が限られていることを知っている、明るい、明るい緑の草が大地から芽《め》を伸ばす。木には泡《あわ》のように花が咲き乱れ、そのなかを蜂《はち》が飛び交う。花々が花びらを広げ、すべての小道を、すべての小川を縁取《ふちど》り、家の屋根までおおってしまう。畑では、野菜が緑の葉を広げ、ライ麦がひげを生《は》やす。

羊が子を産み、牛が子を産み、鳥が巣を作って卵を産む。小川では小魚が群れる。この暑く生き生きとした時季、だれひとり、マリユータでさえ、冬がどんなに寒く、暗く、不毛だったか、思い出すことはできなかった。

そんなとき、イェフロシニアとマリユータの子どもが生まれた。それも深夜、夏至《げし》の日、一年でもっとも長い日で、一瞬たりとも闇が顔を出さない日だった。

家の男たちは、その白夜《びゃくや》の日、外に座らされて、赤ん坊が産まれるのを待った。粗末《そまつ》な家の前に置かれた木の長椅子《ながいす》に腰かけ、酒を飲み、声を上げて笑い、子どものいる男たちは自分の子の誕生《たんじょう》と赤ん坊の頃の話をした。マリユータもそのなかに座って顔を赤らめ、もうすぐやっと父親になれることを自慢《じまん》に思っていたが、何か恐ろしいことが起こるのではないか、イェフロシニアか赤ん坊が死ぬのではないかと、びくびくしていた。

そのうち女がにこにこして入り口から出て来ると、男たちを呼び入れた。マリユータはまっ先に立ち上がり、まっ先に家に飛びこんだ。そしてまっすぐベッドのところにいくと、間の抜けた大きな笑みを顔に浮かべ、目に涙を浮かべた。目の前では、イェフロシニアが元気そうに、マリユータをみてほほえんでいる。マリユータは妻に痛い思いをさせないよう、ゆっくりベッドの端《はし》に座ると、妻にキスをして、愛と感《かん》謝《しゃ》を伝えた。

イェフロシニアの母親がそばにやってきて、両腕に抱えた赤ん坊をマリユータに差しだし、「男の子よ」といった。マリユータは目を見開いて、母親をみた。

喜びと、恐れと、驚《おどろ》きに震《ふる》えながら、マリユータは赤ん坊を両手で受けとった。その子の顔は赤く醜《みにく》く、頭には黒い毛が綿《わた》のように生えていた。そっと、とてもそっと、ゆっくりと、マリユータは大きくて不細工な顔を下げて、赤ん坊の額にキスした。赤ん坊は、ひげで顔がちくちくして泣きだし、まわりの人たちは声を上げて笑った。大きな笑い声が木の家に響いた。

その笑い声にびっくりして、マリユータは顔を上げた。目には涙が浮かんでいる。それから自分も笑い、赤ん坊を妻のそばに置いた。それから妻の手を取って、妻の顔をみたが、何もいえず、首を振るばかりだ。その顔を涙が流れている。妻もほほえんだ。疲れてはいたが、大きなテリア犬が幸せそうなのがよくわかった。

奴隷が自分のものといえるのは子どもだけだ。マリユータは、財布《さいふ》に初めてコインを一枚入れてもらったような気がした。

　その日は夏至で、闇が訪れて人々をベッドに追いやることはなかった。だれもが赤ん坊の誕生を祝った。木のコップや皿を持ってきて、ビールを注ぎ、近所の仲間を連れてきた。近所の仲間は食べ物を持ってやってきた。さんざん食べて、さんざん飲んで、イェフロシニアとマリュータと生まれたばかりの赤ん坊に乾杯した。マリュータは赤ん坊を、ひとりひとりの前に持っていってみせた。マリュータの赤い顔は、父親になった喜びで輝いていた。この世に息子を残さないで死んでいくのかもしれないと思っていた頃やっと、この子が生まれたのだ。

　こんなふうにして夏至の日は過ぎていった。もちろん夜がやってきたが、それは朝と同じくらいまぶしかった。集まった人々は疲れきって眠くなると、窓をよろい戸でおおって、家のなかを暗くしなくてはならなかった。

　やがてみんな眠ってしまい、マリュータひとりが残った。あれほど酒を飲んだのに、眠れなかった。うれしくてたまらず、怖くてたまらなかったのだ。

　家のなかは暗かった。夏の光がよろい戸の隙間《すきま》から差しこんで、埃がちらつく光の柱《はしら》を作っていたので、家のなかの影がいっそう黒々とみえた。そのうえ暑くて、熱のせいで木の壁《かべ》のにおいが漂《ただよ》い、それがビールや食べ物のにおいと混じり合っていた。

　マリュータは妻のベッドの端に座って、妻と赤ん坊が眠っているのをながめていた。マリュータは毛むくじゃらの脚《あし》をさらしていた。寝たくはなかったが、それでも寝るつもりだったので、着ていた物は脱いで、シャツ一枚の格好《かっこう》だった。長いこと、とりとめもないことを考えていた。

何度も何度も、赤ん坊の上にかがみこんでは息を止め、息子がちゃんと息をしているのを確かめた。こんなに小さな、生まれたての子どもが自分で呼吸をしているのが信じられなかった。

これでほしいものはすべて手に入った。マリユータはそういってみて、驚き、怖くなった。おれはもうこの村で寝泊まりするだけの孤独《こどく》な旅人《たびびと》ではなくなった。妻もいるし、息子もいる。この村の一員だ。ここは自分の村だ。なぜなら、ここは妻の村だし、息子が生まれた村だからな。自慢の子がいて、これから先もそうだ！　もう黒い髪を生やしている。黒く、白く、赤くなる。クロテン、雪、血――きっと、腕のいい狩人《かりゅうど》になって、おれを手伝ってくれるだろう。父親よりずっと男前《おとこまえ》になって、女たちはだれもが気を引かれる。おれがいろいろ教えて、雪が一メートル半ほど降《ふ》り積《つ》もっても生きていけるように仕込《しこ》んでやる。そしておれがこの世を去るときには、この子が残って、おれの後を継《つ》いで、自分の人生を生きていくだろう。「ああ、おまえたちのおじいさんはな」この子は自分の子どもたちにいうだろう。「マリユータじいさんは、じつに立派《りっぱ》な人だったんだ！」

マリユータはもう一度かがんで、赤ん坊が息をしているかどうか確かめた。その小さな体は頭から足まで、自分の腕の長さほどもない。赤ん坊の小さな口や鼻は、マリユータの大きな口や鼻と同じように息をしている。それに小さな目は閉じている。小さな手、それに――先にいくともっと小さくなる――小さな指、それよりもっと小さな、かわいい爪《つめ》。この小さな子が、自分と同じくらい大きく育つのだ！

今なら、マリユータは教会でみんなのいっていたことが信じられる気がした。水はワインに変わり、パンが五つに、魚が二匹あれば、五千人を食べさせることができる。もし妻やおれのような平凡な人間からこんな息子が生まれてくるなら、そんな奇跡《きせき》だって信じることができる。

　そのとき、マリユータは飛びあがった。家の外のドアをたたく音がしたのだ。まるで、木のドアを太い棒《ぼう》の端でなぐりつけるような音だった。その鈍《にぶ》い音は木の家の壁の間で反響《はんきょう》した。マリユータはいらいらしてベッドから立ち上がった。その音で妻や赤ん坊が起きるかもしれないと思ったのだ。だが、家のなかで寝ている人々はだれひとり、ぴくりともしなかった。最初の音の響《ひび》きがおさまらないうちに二度目、三度目の音がしたが、だれも起きない。

　マリユータは手を伸ばしてズボンを取り、ベルトに下げた鞘《さや》から大きなナイフを抜《ぬ》いて、ドアのほうに歩いていった。おそらく近所の者だろうとは思ったものの、妻と生まれたばかりの赤ん坊のことがいとおしく、心配でもあったせいで、ふたりの身に何かあったらと考えると、気になってしょうがなくなるのだ。

　暗い家のドアを開けたとたん、夏至の深夜《しんや》の強烈《きょうれつ》な白い光に目がくらんだ。片手をかざして、その下から目をこらすと、外に男が立っていた。明るい光を背景に大きな体が黒い影になっている。マリユータが何か考えたり話したりするまえに、男は素早《すばや》く、堂々《どうどう》と向かってきた。マリユータは思わず後《あと》ずさり、男は家に入ってきた。マリユータはナイフをかまえてさっとふり向いたが、今度は、よろい戸をおろした暑い部屋の闇に、また目がくらんだ。

「だれだ」マリユータは、暑い闇にたずねた。「なんの用だ」

　部屋のまん中にみたことのない男が立っている。その男は肩にかけていた物を取ると、床に落とした。軽い音が響く。それは楕円形《だえんけい》の平たい太鼓《たいこ》で、張ってある革には奇妙《きみょう》な赤い模様《もよう》が描かれている。マリユータは心臓が飛びあがるのがわかった。ゴーストドラム。魔法使いの太鼓だ。

マリユータは、よくみようと男のほうに歩いていった。靴下もはいていない汗ばんだ足が木の床板《ゆかいた》を踏《ふ》むとペタッペタッと音がして、床板から離れるとちゅっと音がした。男はじっと立ったまま、マリユータが近づくのをながめて笑っている。

白髪《しらが》まじりの豊かな黒い髪とひげに囲まれた、細長い顔には深いしわが刻《きざ》まれている。笑うと、大きな白い歯がのぞいて、顔中に細かいしわができる。この夏至の暑さのなかで、冬の格好をしている。まだ寒いはるか北の国から、ふいにやってきたかのようだ。肩にかけている皮はひだになって、ずっしり重く、やわらかそうで、悪臭《あくしゅう》を放っている。黄ばんだシロクマの毛皮だ。その頭は逆《さか》さまになって男の背中にぶらさがっている。長く黒い爪のついた前足は、男の両脇《りょうわき》にたれている。男の体を包んでいるトナカイの皮で作ったズボンとチュニックには、骨とビーズと、羽根と真鍮《しんちゅう》の輪《わ》の飾《かざ》りがついている。そのうえ奇怪《きかい》な模様が刺繡《ししゅう》されているので、その幾重《いくえ》にもからみ合った模様を疲れた目でみたマリユータはめまいを覚えた。足には、刺繡をほどこしたラップランド風のブーツ、手にはラップランド風のミトン。夜の魔法使いだ。外で太陽がどんなに明るく輝いていようと、今は夜、白夜。あと一時間で夏至の日が終わろうとしている。

「わしの子どもをもらいにきた」男がいった。

「どの子です」マリユータはたずねたが、その答えはわかっていたし、その答えを恐れてもいた。

魔法使いは、イェフロシニアの寝ているベッドのほうを向いた。その重いブーツの足音が、シロクマの足音のように床に柔らかく響く。しかし、マリユータのほうが先に飛びだして赤ん坊を抱きあげた。

「おれの息子だ」マリユータがいった。「おれの息子だ」マリユータはそういいながら魔法使いの細長い顔をみた。開いたままのドアからまぶしい日の光が差しこみ、家のなかに草の香りを乗せたそよ風が吹きこんでいる。マリュータは、はっとした。これは夢だ。起きているときに魔法使いをみたことなど一度もない。なら、この魔法使いに息子を渡してやろう。夢なら、問題はない。

しかし、そんな恐ろしい夢をみたときは、必ず目が覚めた。夢のなかで、野生のシロクマのこんなにいやなにおいをかぐことがあるだろうか。夢で、日差しがこんなに明るく、こんなに熱く、魔法使いの顔を照らすことがあるだろうか。魔法使いのしゃがれた声がこんなふうに耳に響くことがあるだろうか。

魔法使いは顔を突き出して、マリュータの目を、クマのように黒い目でみつめた。「わしの弟子《でし》が生まれた。わしの子だ。それをよこせ」

マリュータは首を振った。

魔法使いはにやっと笑った。いずれ自分の思うがままになるとわかっている者の笑いだ。「おまえがその子を手元に置いて育てれば、皇帝の奴隷になるだけだ。働いて、苦しんで、何年かのうちに死んでしまう。わしに渡せば、皇帝より自由になれる。わしがその子に、死者の世界《ゴーストワールド》へいく道も、死者の世界《ゴーストワールド》からもどる道も教えてやり、魔法使いにしてやる。三百年の寿命《じゅみょう》をやろう。もしおまえが自分よりもこの子を愛しているのなら、わしによこすがいい」

「いやだ」

「わしによこせ。非難《ひなん》されることもないし、罰《ばっ》せられることもない。その子の代わりに、土で作った赤ん坊をやる。おまえは、赤ん坊は死んだといえばいい」

「罰せられたってかまうもんか。おれはこの息子を手放したくない！」

「女は男ほど自分勝手ではない。おまえの妻なら、その子をわしに渡すだろう」

「妻は寝かせておいてくれ！　おれは男だ、いいたいことをいう。もし自分の息子を手元に置いて守ってやるのが自分勝手《じぶんかって》だというなら、おれは自分勝手だ。息子がほしいなら、自分でつくればいい！」

魔法使いはため息をついて背を向けると、部屋の奥にある木の長椅子のほうに歩いていった。まぶしい光の細い柱のなかを通って、深い闇のなかを通っていくと、重いブーツが床を踏む音と、シロクマの爪が鳴る音が響いた。シロクマの毛皮の裾《すそ》が床をなでて、かすかなささやきのような音を立て、シロクマのいやなにおいがマリュータの鼻先まで漂ってくる。魔法使いのチュニックのビーズや真鍮の輪が触《ふ》れあって音を立て、開いたままのドアからは夏の花の香りが吹きこみ、白くまぶしい光が影を隅《すみ》に追いやっている。

「われわれから生まれた子どもは、われわれのものではないのだ」魔法使いはいった。「魔法使いはそれを知っている。死者の世界《ゴーストワールド》から、われわれの教えを受けつぐべく、この世に生まれ変わった者のみが、われわれの子なのだ。どんな男女の間に生まれた者であろうとな……わが友よ、死者の世界《ゴーストワールド》には、鉄の森があって、そこに踏みこむと魔法使い以外の者は迷《まよ》ってしまう……そして鉄の森の中心には鉄のトネリコの木が生えている。この木は巨大で、その枝には様々《さまざま》な動物が住み、そこをこの世界と同じくらい自由に行き来している。その木に巣を作って、この世に生まれ変わるのを待っている魔法使いたちは、そういった動物を食べて生きている。その木を駆けまわっているクロテンたちが、わしに、わしの弟子が生まれたと知らせてくれたのだ」

「クロテンだって」マリュータは息を飲んだ。

魔法使いはうなずいた。「おまえが抱いている子は、すでにわれわれの仲間なのだ。ふたたびわれわれの仲間となるべく、生まれ変わった。その子はわしの弟子だ。その子が新たな生の一日を過ごさないうちに、連れていかねばならない。だから、その子を渡してほしい」

　魔法使いからクロテンたちのことをきいた瞬間《しゅんかん》、マリュータは体が震えた。罠にかかって死んだクロテンの上にかがんで、望みを口にしたときのことを思い出したのだ。魔法使いへの恐怖がさらに増した。

「いやだ！」

　魔法使いはかっとなって木の長椅子から立ち上がると、杖《つえ》で床をたたきながらマリュータの前までやってきた。木と木のぶつかる音が大きく響く。マリュータは赤ん坊を抱いたまま後ずさった。

「わしは二百三十四歳だ。二百年間、この子が生まれるのを待っていた。わしの子が生まれるのをな！　わしは三つの魔法を自在《じざい》に使える。氷のリンゴを摘《つ》むことができる。癒《い》やすこともできれば、傷つけることもできる。そういったことすべてを教えてやることができる。おまえは、いったい何を教えてやれる」

　マリュータは壁に背中を押しつけながらいった。「狩りを教えてやれる」

「それだけか。クマのように獲物を狩ることを教えてやれるとでもいうのか。いいから、その子をよこせ」

「クマを狩ることを教えてやれる！」マリュータは片手で赤ん坊を抱き、もう片方の手で魔法使いを押しやった。「この子が大きくなるまで、おれはこの子の屋根になり、この子の火になり、この子を守る犬になり、夜から守る壁になってやる。この子は絶対に、夜やってくる、死者の世界《ゴーストワールド》の魔法使いには渡さない！」

　魔法使いは大きな仕草《しぐさ》で背を向けると、木の長椅子までもどった。「あと一時間で、わしはいかねばならない。市場で取り引きするように話し合おう、マリュータ――そう、わしはおまえの名前を知っている。

その子の代わりに何がほしい。その子よりほしいものがあるだろう。金持ちになりたくはないか、マリュータ？　自分と妻の自由を買えるくらいの金がほしくはないか。自由の身になれば、仕留めた獣《けもの》の皮を売って、金を貯《た》めることができるし、そうなれば、この子の代わりに十人ほどの息子が持てるぞ！」

　マリュータはなぐりつけられたような気がした。この魔法使いにはそれができることがわかったからだ。この男はおれを自由に、金持ちにすることができる。それどころか、どんな望みでもかなえてくれるだろう。この腕に抱いている赤ん坊を――ただの赤ん坊をひとり――差しだしさえすれば。赤ん坊なんて、この世界にはいくらでもいる。マリュータは赤ん坊を差しだそうと腕が動きかけたのに気づき、甘い言葉につられそうになった自分に腹を立てて叫《さけ》んだ。「おれは皇帝じゃない、自分の子どもを売り買いするなんてまっぴらだ！　おれだって長いこと――今か今かと――待ってたんだ。この子が生まれるのをな。何をもらおうと、この子を売ったりするもんか！　もし、皇帝にしてやるといわれても渡さない！」

「ほう、それが望みか」クズマがきいた。「皇帝になりたいのか？」

　マリュータは口を開けたまま、凍りついた。心臓が止まりそうだった。このおれが皇帝に、地上の神になって、すべてを所有し、すべてを治《おさ》める？　しかし、マリュータは何もいわなかった。

「若返ることもできるぞ」

　マリュータは息を飲んだ。その申し出に、喉《のど》がつかえて言葉が出なかったのだ。魔法使いはにやっと笑った。相手の気持ちがぐらついたのがわかったのだ。ところがマリュータは天井《てんじょう》の梁《はり》を照らす真夜中の陽光をみた。梁からたれ下がったクモの巣が虹色《にじいろ》に光っている。それから、質素《しっそ》な木の長椅子に腰かけている北の魔法使いをみて、床に差す光の柱のなかに転がっているゴーストドラムをみた。外では、牛が鳴き、小鳥がさえずり、どの光景にも、どの音や声にも、夢の強い香りが立ちこめている。なら、魔法使いの約束などどうだっていい。「何をもらっても、息子は渡さない」

　魔法使いも、開いているドアに目をやった。真夜中の陽光が強くなってきた。魔法使いは立ち上がり、マリユータのほうに歩いていった。ブーツが柔らかい音を立て、シロクマの毛皮がささやき、いやなにおいを暑い部屋のなかにまき散らす。「その子を手放さないのは、その子が幸福をもらたすと思っているからだろう。だが、いっておく、絶対にそんなことはない！　おまえが腕に抱えているのは、苦しみだ！　その子は魔法使いだ、世界を渡り歩く者だ、鉄のトネリコの子だ。奴隷の息子として、ひとつの世界にしばられて生きるように生まれた者ではない。いいか、くず同然のおまえにいっておいてやる。もしその子を手元に置いておけば、おまえは自分の最《もっと》も大切なものをすべて失うことになるぞ。冬の闇のように黒く、氷のように白く、血のように赤く、クロテンの歯のように鋭《するど》いのだ、その子は！　その子はおまえに災いをもらたす！」

　マリユータはぞっとして叫んだ。「おれを呪《のろ》うな！」

「未来を語っているだけだ。呪ってなどいない。その子を渡せ！」

「いやだ」マリユータはもう一度、ドアのほうをみた。光がますます強くなっている。「絶対に渡すもんか。夢のなかでだって、いやだ。起きているときだって、いやだ。何を約束されても、どんなに頼まれても、どんなに呪われても、いやなものはいやだ。この子のためにも、おれのためにも、この子の母親のためにも、渡さない。これはおれの息子だ。おれが育てる」

「渡せ！」魔法使いは声を張りあげると、ミトンをはめたごつい両の手でマリユータの肩をつかんだ。顔が怒りでゆがんでいる。

「いやだ！」

　魔法使いは両手で赤ん坊をつかんだ。「わしに、わしによこせ！」

「頭をもぎ取られても、この子は渡さない」

　魔法使いは赤ん坊から手を離して後ずさった。部屋で寝ていた人々がもぞもぞ動きだして、ため息をついた。夏至の最後の瞬間だ。

「わしは二百年待った」クズマがいった。「おまえはまた子どもができる。わしにはこれが最後なのだ。この子をわしによこせ」

「いやだ」

　夏至の日が終わった。魔法使いはかがんで、床からゴーストドラムを拾い上げた。そしてシロクマの爪のついた分厚《ぶあつ》いブーツで床を踏みしめながら、ドアから出ていった。

　マリユータは赤ん坊を自分の肩まで持ちあげると、ひげの生えた頬を赤ん坊の柔らかい頬にすりつけた。ほっとしたマリユータの顔を涙が流れている。

　まわりでは、寝ていた人々が目を覚まし、毛布を払《はら》いのけて体を起こしている。マリユータは自分が起きているのか、眠っているのか、夢をみているのか、わからなかった。

「マリユータが赤ん坊をあやしているぞ！」みんなが口々にいった。「おおい、ひと晩中その子のお守《も》りをしていたのか、マリユータ。赤ん坊が腹《はら》を空かせたようだぞ！」赤ん坊が目を覚まして、マリユータの耳元で大きな泣き声を上げた。

マリュータは何もいわなかった。頭が重く、ぼんやりしている。自分は眠りのなかで夢をみていたのだ。それも悪い夢を。聞き覚えのない声が、しつこく迫ってきて、板壁《いたかべ》で囲まれた部屋じゅうの埃を震わせている。しかし、マリュータは、その声が何をいったのか思い出すことはできなかった。そして息子を妻の横に置くと、自分もいっしょに横になって寝た。

アンブロージ、マリュータはまどろみながら、思いついた。この子をアンブロージと呼ぶことにしよう。「不死《ふし》」という意味だ。そう、おれの息子は不死だ。おれにとっては完璧《かんぺき》な息子だ。この子は永遠に生きる。

これが（と猫は語る）、皇帝の狩人だったマリュータが、シロクマの魔法使いと張り合い、魔法使いの弟子を渡すのを拒《こば》んだときの話だ。

魔法使いを敵《てき》にまわすと（と猫は語る）、決して幸福にはなれない。

第二章
トナカイを追う人々と白クマ

その猫は木のまわりを回る。ドングリが落ちるたびに金の鎖が鳴る。クズマはマリュータのところから去ったあと、どこにいったのだろう（と猫はたずねる）。耳を傾《かたむ》けてくれれば、そのうちに話そう。

だがそのまえに、トナカイの群れと、それを追いかける人々のことを話さなくてはならない。

はるか彼方（と猫は語る）、何もない白一色の雪原で迷い、黒ずんだ銀色の広い空の下で息をひそめ、トナカイの群れは震えていた。群れのすぐそばには、先のとがったテントがいくつかある小さな野営地があった。外には橇《そり》が置いてあって、犬が何匹か寒さをしのごうと身を寄せて寝ている。

毎年春になると、トナカイの群れはこの山地までやってきて、平原に芽吹《めぶ》いたやわらかい草を食べにやってくる。そして毎年、北の冬が始まって、空を暗くし、大地を凍りつかせると、山地を後にして、低地にもどってくる。そこも雪に深くおおわれているが、山地ほど寒くはない。

そしてトナカイのいくところへはどこへでも、テントで暮《く》らす人々がついていく。もしトナカイがいなくなったら、その人々は生きていけない。テントも、寝袋《ねぶくろ》も、着る物もすべてトナカイの毛皮で作るのだから。トナカイの毛皮は特別だ。身にまとうと雨や雪に濡《ぬ》れても体が冷えない。

人々の飲むミルクはトナカイのミルクで、食べるチーズはトナカイのミルクから作ったチーズだ。トナカイの肉を食べ、トナカイの脂身《あぶらみ》の塊《かたまり》をかじって体を温める。道具はトナカイの角《つの》や骨で作り、富《とみ》は追っている群れのトナカイの数で計られた。トナカイは橇《そり》を引き、人を背中に乗せることもある。

トナカイがいなければ、人々は生きていけない。

冬でも、先のとがったテントのなかは暖かい。どのテントでもみんな、火をたいて、料理をする。小さな家は、肉を焼くにおいと、濡れた犬としめった革の乾《かわ》くにおいが漂っている。大人はテントの下に敷《し》いたトナカイの毛皮の上に座り、その間を子どもや犬が歩き回っている。頭の上のほうでは、テントの支《し》柱《ちゅう》から、革袋《かわぶくろ》に詰めたいろんな道具や食べ物が下がっている。いくつかの袋は、火から立ちのぼる空気にあおられてかすかに揺れ、そのせいでテントに張られた皮に映った影も揺れている。

その薄い皮には外から、殺人的な寒さと長い冬の夜の重みがのしかかっている。しかし、なかでは人々がおしゃべりをし、火をながめ、ちっとも寒くないという顔をしている。

ひとつのテントのなかで、ちょっとした口げんかが始まった。「どうして針を貸してくれないの？」〈小さな魚〉がいった。

「針は貸してあげるけど」姉の〈白いトナカイ〉がいった。「これはだめ。わたしの持ってる針のなかでいちばんいい針だし、わたしが使うから」

「ちょっと使わせてよ。このコートはいままででいちばんうまく縫いあげたいの」

「じゃあ、これを使えば？　これなら返さなくていいわよ。あげるから」

「そんなの、いらない。太すぎるもの。細かい模様をつけようと思って、小さい穴を開けたから、細い針で縫いたいの。そんな針で縫ったら、だいなしになっちゃう」

「縫い物の下手な女はいつも道具のせいにするのよね」白いトナカイがいった。

「ひどい！」小さな魚がいった。「いまのきいた？」

「女きょうだいというのは、仲がいいもんだと思ってたんだが」小さな魚の夫、〈木《こ》の葉《は》〉がいった。

白いトナカイがいった。「わたしは針をあげるといったのよ。それなのに、小さな魚ったら、いらないっていうんだもの」

「それじゃ、うまく縫えないからだろ」木の葉がいった。「義姉《ねえ》さんはみんなから縫い物の名人といわれたいと思っているんだ。それで、魚に使いづらい針をやって、不細工なものを作らせようとしているのさ！」

火のそばにあぐらをかいて、娘の腕輪《うでわ》を作ろうと、小さく切った骨に細かい彫刻《ちょうこく》をしているのは、白いトナカイの夫、〈骨の鉤《かぎ》〉だ。そのすぐそばには、短く〈狐《きつね》〉と呼ばれている一番下の息子が寝転《ねころ》んでいる。狐は目の前で動いている父親の手が骨に模様を彫《ほ》っていく様子をみつめている。

「木の葉ったら、だまっててよ」白いトナカイが大声でいった。「わたしと小さな魚は、あなたがやってくるまでは、ずっと仲がよかったんだから」

「姉さんはいつも小さな魚をいじめてばかりだ」木の葉がいうと、小さな魚はうなずいた。

狐が顔をあげると、父親も下を向いて、ふたりは顔を見合わせてため息をついた。

「いじめてるですって？　わたしが？　小さな魚を？　小さな魚は甘やかされているのよ。ちびで太っちょの魚ったら、昔からずっとそうよ！　わたしがとっても大切にしてた針を貸してあげたら、それを折っちゃったのよ、わたしのいちばんいい針を！　折ったの、そう、折っちゃったの――この子がね！」

「そんないいかたってないわ」小さな魚がいった。「あれはあたしのせいじゃないもの！」

「じゃあ、だれのせいよ。針がひとりでに折れちゃったっていうの？」白いトナカイがいった。

骨の鉤は狐をみて、にっこり笑った。狐も笑った。それから体を起こして、床に手と膝《ひざ》をつくと、のそのそと父親の後ろを回って、三人のいるところまでいった。「小さい母さん！」狐はそういって、小さな魚に後ろから抱きついた。そして首筋にキスをした。言い合いの途中で邪魔《じゃま》をされた小さな魚は、腹立たしそうに狐を押しやった。

「えー、そんなふうにするんだったら、本当の母さんのところにいっちゃうよ」狐はそういいながら白いトナカイの膝に乗ると、抱きついてキスをした。白いトナカイは押しのけたりはしないで、たずねた。

「何がほしいの？」

「ふたりの母さんにけんかをやめてほしいな。もうひとりの父さんも、けんかをやめてよ。だって、耳が痛くなるんだもん」

「おまえは母さんに針を渡してほしくないんだろう」木の葉がいった。

「もうひとりの父さんにも抱きついちゃおうかな。なんか、怒ってるし」狐はそういうと、毛皮の上をはって木の葉のほうにいった。

「こら、はなせ、はなせったら！」木の葉はそういったものの、どうしようもなく笑いだしてしまった。狐に思い切り抱きつかれてしまったのだ。「おまえときたら、熊のつもりか、このやせっぽちのちびめ」木の葉は狐を引き離すと、あおむけに転がして押さえつけた。狐は足をばたばたさせている。

「ちょっと、やめて。ばたばたしないでよ」小さな魚がいった。「あぶないじゃないの」小さな魚は縫いかけのチュニックを持って、ふたりから身を引いた。

　木の葉は狐を放《はな》してやった。狐はまた白いトナカイのところまではっていった。「ぼくのもうひとりの母さんに針を貸してあげてよ。折ったりしないから」

「どうして、折ったりしないってわかるの」白いトナカイがきいた。

「だって、大切にすると思うから」狐は小さな魚をみていった。

「もちろん、大切にするわ」小さな魚がいった。「あたしはいつだって物を大切にするもの。あの針だって、わざと折ったんじゃない。折れちゃったのよ」

「そう、折れちゃったんだよ、母さん」狐がいいながら白いトナカイにキスした。「もしその針が折れたら、父さんが新しいのを作ってくれるよ。それよりいいやつをね」

「それに、あたしの持ってる銀の糸を何本かあげる」小さな魚がいった。

「いいわよ、そんなものくれなくたって」白いトナカイがいった。「なんだか、自分がすごい意地悪《いじわる》な女みたいにきこえるじゃない……」白いトナカイが、巻いてあるやわらかい革をほどくと、針が何本も出てきた。「もし折れたら――」そういって、狐のほうに指を振った。

「もし折れたら、ぼくの首をあげる」

白いトナカイは声を上げて笑うと、額《ひたい》を狐の額にくっつけた。「首より、その舌をもらおうかな」

「もし折れたら、ぼくの舌をあげるから靴底《くつぞこ》にして」

「ミツバチの巣と交換《こうかん》してもらったら？」小さな魚がいった。姉からようやく針をもらえて、にこにこしている。

「狐、ここにこい。お茶につばを吐《は》いて甘くしてくれ」木の葉が声をかけた。

「この子は、本当に、狐にかまれたのね」白いトナカイが自慢げにいった。

骨の鉤は黙《だま》って火のそばに座り骨を彫っていたが、話には耳を傾《かたむ》けていた。そして妻と同じように自慢げにほほえむと、ひとりうなずいた。

トナカイを追う人々の物語にはよく狐が出てくる。物語の小狐はいつも頭がよく、いつも賢くて甘くてやさしい言葉を使って、怒っている熊をなだめ、オオヤマネコを出し抜き、川の魚をおびき出す。

ずいぶん前から、ここの人々は、骨の鉤の末っ子は狐にかまれたにちがいないと思っていた。狐にかまれたせいで、口がうまく、甘い言葉が使えるのだと思っていたのだ。その子は短く「狐」と呼ばれていたが、本当の名前は「狐にかまれた子」だった。

こうしてけんかは終わり、狐にかまれた子は毛皮の上をはって父親のそばにもどった。骨の鉤は狐をみると、顔をくしゃくしゃにし、目を細くして笑った。それからまた骨を彫り続けた。

骨の鉤はここのリーダーだったが、ここの人々はだれひとりリーダーなどいないと考えていた。ここではみんなが家族だった。みんなが兄弟、姉妹、母親、父親、おじ、おば同士だった。血がつながった家族でなければ、結婚でつながった家族だ。だから、だれがリーダーかとたずねられると、ここにはそんな人間はいない、そんな人間は必要ないと答えた。だれも決まりなんか作ってもらう必要はないと答えた。

　しかし、よそ者に出会うと、だれもが骨の鉤のほうをみて、後ずさりし、そのうち骨の鉤がその場に残って、みんなを代表してよそ者と話をすることになる。

　だれかがけんかを始めて、なかなか終わらないようなときには、だれもが骨の鉤にたずねる。骨の鉤はどう思う？　こっちの味方だろう？　あっちの味方じゃないよな！　そしてだれもがみんな、にこにこして待つ。そのうち骨の鉤が、両方のいい所と悪い所を判断して、解決法《かいけつほう》を考えだす。

　もっと重要な決断、たとえばだれが狩りにいって、だれが残るかとか、結婚話《けっこんばなし》を持ちかけられたとき、受けるかどうかとか、そういう決断を迫られたとき、だれもが相談にいく相手は骨の鉤だった。

　しかし、骨の鉤もほかの人々と同じように働いたし、ほかのテントと同じようなテントで暮らしていた。食べ物が足りなくなれば、ほかの人々と同じようにひもじい思いをした。もし自分がリーダーだといったりしたら、みんなは怒っただろう。

　しかし、骨の鉤は自分がリーダーだということを知っていて、一番下の息子が賢く、けんかをまとめるのがうまいのをみて喜んでいた。トナカイを追う暮らしは厳しい。いつも助け合わなくてはならない。食べる物も着る物も分かち合い、協力《きょうりょく》して自分たちを守っていかなくてはならない。けんかなどする余裕《よゆう》はないのだ。

　そして、骨の鉤は自分が老いてきたことに気づいていた。ずいぶん長いこと、まぶしい雪に反射《はんしゃ》する太陽の光をみつめてきたせいで、顔は茶色く日焼けし、何百本ものしわが刻まれ、目は細い糸のようになってしまった。この頃では、朝起きると、体がこわばっていて、楽に動けるようになるまで何時間も足を引きずりながら働かなければならなかった。

あともう何年も生きてはいられないだろう。心配なのは、自分が死んだあと、みんながしっかりまとまってやっていけるかどうかだ。けんかや仲たがいでばらばらになってしまうのではないか。そう考えると、悲しくてたまらなかった。しかし、最近は希望がわいてきた。末の息子、小さな狐がこっそり自分の代わりになって、リーダーと思われないリーダーになってくれるのではないか、そしてみんなは骨の鉤が死んだことにも気がつかないでいてくれる、そんなふうになるのではないか！　そう思うと、骨の鉤はうれしくてたまらなかった。もし自分が死ぬ前から、ここのみんなが狐にかまれた子にいろんな相談を持ちかけるようになってくれれば、それがいちばんいいと考えていた。

そこで骨の鉤は、何か困り事を持ちかけられると、みんなの前で狐に声をかけて意見をきくようにした。そして、狐がばかな返事をしたときでも――まだ幼いのだからしかたがない――骨の鉤は自分がちゃんと耳を傾けて、その答えを真剣に受け止めるところをみんなにみせるようにした。しかし、狐は素晴らしい答えを披露《ひろう》することのほうがずっと多かった。やがて骨の鉤は確信するようになった。そのうち、だれもが自分に相談にきたように、狐にかまれた子に相談をしにやってくるようになるだろう。

狐にかまれた子は、父親が骨に彫刻しているのをながめているうちに目が疲れてきた。テントのなかの家族の軽いおしゃべりと火の温かさのせいで、トナカイの毛皮の上ですっかりくつろぎ、両手の上に頭を置いていた。目を閉じると、いろんな音がはっきりきこえてくる。父親がナイフで骨を削《けず》る音、薪《まき》が燃えてはぜる音。低い話し声、歩くとき毛皮をこする足の音、上からはテントの柱をまわる風のため息と、煙《けむり》抜《ぬ》きの穴をかすめるうなり声がきこえてくる。狐は、風の音に、外の音に耳を澄ませた。トナカイの身動きする音が地面を伝《つた》って耳に響いてくる。犬がうなったり吠えたりする声がきこえてくる。

狐がまどろみかけたとき、耳の下の大地が鳴った。トナカイがそわそわして足を踏み鳴らし、犬が遠吠えを始め——寒い外から、寒い音が響いてくる。

狐にかまれた子は体を起こした。だれもがおしゃべりをやめて、仕事をしている。だれもが闇から響いてくる音に耳を傾けている。

骨の鉤は、骨とナイフを下に置いて、こんもりした赤い帽子と分厚いミトンをつけ、はうようにしてテントの入り口のおおいのほうにいった。木の葉も槍《やり》を持って、その後をついていく。狐にかまれた子も手早く帽子を取って耳までかぶり、コートを着て、ミトンをはめ、父親とおじのあとについてテントから出た。

ほかのテントからも、ほかの父親や息子や兄弟が出てきた。身じろぎするほどの冷気と暗闇《くらやみ》と風が男たちの顔を引っかき、耳元でうなった。男たちは雪を踏み分けながら集まると、いったいなんで犬やトナカイがおびえているのだろうといいあい、何かいるのだろうかとあたりを見回した。

そしてみつけた。白クマだ。

あらゆる熊のなかで、白クマはいちばん体が大きく、いちばん凶暴《きょうぼう》だ。何も恐れることなく、雪の上をトナカイより、橇《そり》を引く犬より早く走る。気が向けば人間のように二本足で歩き、人間の言葉を理解する。だから決して、名前を呼んではいけない。もし呼んだりすると、ききつけて、やってきて、なぜ呼ばれたのか知ろうとする。

　白クマはとても賢く、北の地方が凍って、一年の半分の長い夜が始まると、しばらく死ぬことにして眠る。そして春になると、生き返る。

　霧が立ちこめ、雪明かりで溶けかかっている闇のなか、白クマは音も立てず、トナカイを追う人々のテントのほうにやってきた。長い首についた頭を揺らし、肩をいからせ、上からのしかかる黒々とした空と鋭い星の光を背中で受け止めてやってくる。

　白クマが近づくと、トナカイはさっと散らばり、人々は驚きおびえて、顔を見合わせた。こんなところまで白クマがやってくるはずがない。海岸のあたりで、アザラシを漁《あさ》っているはずだ。こんなところにいるはずがない。熊は冬、眠っているはずだ。しかし、いまここにいる。この白クマに、こんな時季にこんなところをうろつくもんじゃないなどと、いったいだれがいえるだろう。

「だれが、あの白クマの名を呼んだ？」木の葉が大声できいた。しかし、だれひとり答えない。

　男たちは槍《やり》を白クマに向けたが、だれひとり、向かっていこうとはしない。だれもが白クマから骨の鉤へと視線を移し、骨の鉤の指示を待った。狐にかまれた子さえ、父親が口を開くのを待っていた。しかし、骨の鉤は仲間と同じように槍《やり》を構《かま》えたままじっとしている。

　白クマは男たちの前で立ち止まると、長い首についた頭を大きく左右に振った。まるでテントのなかにいる女や子どものにおいをかいでいるようだ。

　狐にかまれた子はもう一度、父親をみて、なぜ何もいわないのか不思議に思った。そして待ちきれなくなって、白クマに話しかけた。

「おじいさん、ようこそ。どんなご用があって、いらっしゃったのですか」

白クマは爪のある大きな前足をふたつゆっくり持ちあげて、立ち上がった。背丈は二メートル以上あって、そこにいる男たちのだれよりも高い。

それから白クマは両の前足を鼻にあてて、顔を上げるような仕草をした。白クマの腹のところが左右に分かれた。ちょうどコートを脱ぐときのような感じだ。長い鼻のある頭が後ろに倒《たお》れ、背の高いがっしりした男が現《あらわ》れた。しわの寄った細長い顔が、白髪まじりのもさもさした髪の毛に囲まれている。その男は、白クマの毛皮で作ったコートを着ていて、白クマの頭は背中にたれている。

テントのなかから外の様子をうかがっていた人々がテントのなかに顔を引っこめた。外にいる人々からささやき声がもれる。「魔法使いだ！」

魔法使いでなければ姿を変えることはできないし、白クマの姿にはなれない。ただ、この男はそれ以外、何も魔法使いらしいところがない。杖も持っていないし、ゴーストドラムも持っていない。しかし、用心して、礼をつくしておいたほうがいい。

男たちはこの訪問者《ほうもんしゃ》から目を離すのが恐ろしくて、この訪問者と骨の鉤を代わる代わるみていた。しかし、骨の鉤は黙ったままだ。

口を開いたのは、今度も狐にかまれた子だった。「ようこそいらっしゃいました、おじいさん。どうぞ、父のテントに入って、暖まって、いっしょに食事をしていってください」

白クマの毛皮をまとった男はにやっと笑った。しわだらけの顔にさらにしわを寄せ、大きく丈夫そうな歯をのぞかせた。男は礼をいうように大きくうなずき、横一列に並んでいる人々の間を抜けた。人々は後ずさった。狐にかまれた子がテントの入り口のおおいを持ちあげると、男は骨の鉤の明るくて暖かいテントのなかに入った。

外では、ほかの男たちがテントのなかにいた人々は暖かい物を着て、声をかけ合いながら闇のなかに飛びだすとすぐに、訪問者のいる明るく暖かいテントに詰めかけた。

テントはすぐいっぱいになった。場所を空《あ》けるために、子どもは親の膝に座り、大人は膝を抱えたり、くっつきあうようにしたりして座った。多くの人々の体温と、たき火のせいで、なかはむっとするほどの暖かさになり、みんなはチュニックを頭からすっぽり脱いだ。食べ物が出されたが、手が肘《ひじ》や頭に当たって、うまく回っていかない。白クマの毛皮の上に座った訪問者には細長いトナカイの干《ほ》し肉と、甘く煮たホロムイイチゴが出された。男は出されたものをつまみ、にやにやしながら、まわりの不思議そうな顔をながめ、こちらをむいては、目が合うとさっと顔をそむける人々の目を楽しんでいた。だれもがこの男を恐れていた。白クマの姿をしていた男が怖かった。そして男はそれをおもしろがっている。

長い間だれひとり――狐にかまれた子さえ――男に話しかけようとしなかったが、手に持っていたものをなんでも差しだそうとした。トナカイのミルクで作ったチーズ、バターを入れた濃《こ》いお茶、トナカイの脂身の塊。男を怒らせるのが怖かったのだ。

魔法使いの機嫌《きげん》をそこねるような愚《おろ》かな真似《まね》をしてはならない。

ところが、恐ろしくて長いこと黙っているうちに、客をばかにしていると思われそうな気がしてきた。ほほえんで礼儀《れいぎ》正しく食べ物を勧《すす》めるだけでは、客も居心地《いごこち》が悪いのではないか。そこでトナカイを追う人々はしきりに骨の鉤の顔をみて、何かしゃべってくれと目で訴《うった》えた。狐にかまれた子をみて、小突《こづ》く人まで出てきた。

しかし、沈黙《ちんもく》を破ったのは魔法使いだった。「ひとつ、礼に話をしてやろう。わしはいろんな話を知っているからな」

人々は座ったまま背筋を伸ばし、うれしそうに子どもを抱きしめてほほえみ、小声でささやき合った。みんな、話が大好きだったのだ。新しい語り手はいつも歓迎《かんげい》された。そのうえこの語り手は魔法使いだ。言葉の魔法を使って、自分の物語を語ってくれるのだろう。みんなは骨の鉤にむかって、大きくうなずき、お願いしますといってくれと目で合図した。ところが骨の鉤はほほえんで、その役を一番下の息子にまかせた。

「おじいさん、ぼくたちにとっておきの話を語ってください。お願いします」狐にかまれた子がいった。

魔法使いはにやっと笑った。

「おまえたちもよく知っている話をするとしよう」男が話しはじめると、みんなはほっとため息をついて、もぞもぞ体を動かし、それまで以上に身を寄せ合って、耳をそばだてた。「バルドルとロキの兄弟の話だ」

突然、テントのなかがざわめいたが、また突然、静かになった。だれもが知っている、いい話だ。

若者のなかで、と男は話しはじめた、バルドルほどすぐれた若者はいなかった。ほれぼれするほど美しく、だれもが心から好きになってしまうほどやさしく心が広かった。正直で、信頼を裏切《うらぎ》ることがなく、だれひとりバルドルを怖がる者はいなかった。たくましく、全身に温《あたた》かさがあふれていた。

　バルドルのいくところへは、いつも夏がついていった。バルドルが生きていた間は、夏が長く続き、あたりはまぶしく、暑く、多くのものが生まれ、育った。バルドルが生まれてしばらくは夏しかなかった。冬はなく、寒さもなく、闇も死もなかった。その頃は、だれも「死者の世界《ゴーストワールド》」に続く道を知らなかった。死者の世界《ゴーストワールド》の門は閉ざされたまま開くことがなかったからだ。あの門が開かなかったらよかったのにと思わない者がいるだろうか。

　この美しいバルドル、若く温かいバルドルには兄弟がひとりいた。美しくもなく、たくましくもないその兄弟の名前はロキ。ロキはこう考えていた。自分の温かさと愛はすべてバルドルに吸い取られてしまった、だからあいつはあんなに美しいんだ。それなのに、おれは寒い闇のなかにひとり取り残され、醜くなっていくばかりだ。

　そんなロキに、寛容《かんよう》になれ、やさしくしろというのは水に火を求めるようなものだ。ロキはバルドルほど愛されることはなく、つねに影と寒さに包まれていた。闇と寒さを最初に知ったのはロキだ。冷酷《れいこく》な人間を「ロキの心のように冷たいやつ」といい、寒い冬を「ロキの息吹《いぶき》」というのはそのためだ。

　だがロキは賢かった。自分の闇をのぞきこみ、そこにみえたものから学んでいった。ロキは最初の魔法使いだった。

　バルドルが眠ると、ロキは闇のなかで覚えた道を通って、バルドルの夢のなかに入り、そこに影を投げこんだ。バルドルは傷と死の夢をみた。傷つけられて死ぬ夢をみた。バルドルが生まれてしばらくの間、世界には傷も死もなかった。美しいバルドルは世界で悪夢をみた最初の者だった！　そしてくり返し恐怖に襲《おそ》われて目を覚ますうち、眠るのが怖くてたまらなくなった。疲れがたまっていくうちに、美しさも温かさも失われていき、ロキは喜んだ。

だがその時代のほかの者はみなバルドルを愛していて、バルドルのことを心配した。バルドルから夢の話をきくと、口々にこういった。「バルドルを夢から救うにはどうすればいい？」するとバルドルとロキの母親、フリッグがこういった。「わたしが世界中を回って、この空の下に住むすべてのものに、決してバルドルを傷つけないよう頼んでまわりましょう」

フリッグは車を狼《おおかみ》たちに引かせて長い旅に出た。それはそれは長い旅で、すべてのものに頼んでまわるとなると、長い長い時間がかかった！　言葉で話すとこれだけですむが、実際には途方《とほう》もなく長い時間がかかった！　この空に下に住むすべてのものにフリッグは語りかけた。あらゆる獣、あらゆる魚、あらゆる鳥、地をはうものすべてに語りかけた。あらゆる草、あらゆる茂《しげ》み、あらゆる木に、あらゆる石、あらゆる岩、あらゆる山、あらゆる丘に。大きな川にも小さな川にも、水たまりにも、泉にも、湖にも。すべてのものが魂《たましい》を持ち、憎むことも愛することもできるからだ。

空の下に住むあらゆるものがバルドルを愛していたから、喜んで、おしみなく、約束した。決してバルドルを傷つけるようなことはしない、と。

そんな約束に傷ついたのはロキだった。世界に住むもののひとつが約束をするたびに、ロキは傷ついた。もしロキがどれほど傷ついたか知りたければ、テントの入り口のおおいを開けてみればいい！　寒い闇のなかに目をこらせば、世界がバルドルに抱いた愛と、世界がロキに抱いた愛をくらべたときのロキの絶望《ぜつぼう》がわかるはずだ。

フリッグが世界の約束を持ってもどってくると、みんなに歓迎され、持ち帰った知らせも歓迎された。

フリッグは世界の約束がどんなものか試《ため》してみようと、土の塊をバルドルに投げつけた。土の塊はバルドルの前で横にそれた。大地が決してバルドルを傷つけないと約束したからだ。

　そこでみんなは新しい遊びを始めた。バルドルにむかって、石やナイフや、丸太や斧《おの》を投げつけたのだ。それも殺してやろうといわんばかりの勢《いきお》いで。ところがどれもバルドルの前で横にそれて、そのまま地面に落ちた。バルドルは立ったまま、みんなの好きなようにさせていた。世界の愛を信じていたからだ。

　何ものもバルドルを傷つけることはなかった。

　ロキはそんな遊びには加わらず、離れたところでながめながら、自分の心臓と骨の髄《ずい》のなかに冬の寒さを感じていた。そのうちフリッグの前まで歩いていって、こういった。「母上は素晴らしいことをなさった！　なんと忍耐強《にんたいづよ》く、なんと勇敢《ゆうかん》なことでしょう！　本当に、この空の下に住むすべてのものに話しかけたのですか」

　フリッグは愚かなことに、ロキがよからぬことをたくらんでいるなどとはこれっぽっちも思わず、喜んで答えた。「ええ、この空の下に住むすべてのものに話しかけたわ！」

「すべてのものに？」ロキがたずねた。「岩に生えたシダにも、苔《こけ》にも、夏の空を埋《う》めつくす小さな羽虫《はむし》たちにも？」

「あらゆるものに話しかけました。そのほかのものにもすべて」フリッグはそこまでいって、ふと口ごもって、ほほえんだ。「そういえば、ひとつだけ……とても弱く、なんの力もなく、カシノキにすがりついて、その樹液《じゅえき》を吸って生きているものにだけは話しかけませんでした。バルドルに何もすることはできないでしょうから。なので、ヤドリギにだけは約束をしてもらっていません」

ロキはそれをきくとすぐにフリッグの前から立ち去り、ヤドリギをさがして、歌いかけ、助けがほしいので命をもらうといった。そしてヤドリギを切って、先をとがらせて投げ矢《なや》を作ると、みんながバルドルに矢を射たり、槍《やり》を投げているところにやってきた。
ロキはそんな者たちの間に入っていった。手に持っているのは、バルドルを愛しているから傷つけたりしない、という約束をしそこねたヤドリギだ。ロキが腕をふと振りすると、投げ矢が飛んでいって、バルドルの心臓に刺さり、心臓を止めてしまった。だれが投げ矢を投げたのか、だれにもわからなかった。そのなかのだれが疑《うたが》われてもおかしくなかった。

そこまで話すと魔法使いはいきなり、大声で笑った。そのけたたましい笑い声に、それまでやさしい語りに引きこまれていた人々がはっとした。そして驚き、火がつくる影をみて、不安になった。魔法使いはさらに声を上げて笑って、人々のびっくりした顔をながめ、鋭い鼻のある顔をしわだらけにして、長い歯をむき出しにした。
人々は顔を見合わせ、魔法使いの機嫌を取ろうと、笑顔をつくったが、いまの話に笑うようなところはなかったので、その微笑みもすぐに消えてしまった。魔法使いが話の続きを始めるとすぐに、人々は大きく息を吸って、ほっとした。口元をゆるめ、魔法使いが、たき火から立ちのぼる煙のなかに描きだす情《じょう》景《けい》に目をこらした。

こうしてバルドルは死に、と魔法使いはほほえんで話しはじめた、死んで、死者の世界《ゴーストワールド》に続く道を歩く最初の者となり、死者の世界《ゴーストワールド》の門を開けて迎えられる最初の者となった。バルドルがなかに入ると門は閉じ、二度とバルドルのために開くことはなかった。なぜなら、その心臓にはヤドリギの投げ矢が深々と刺さっていたからだ。

　一方、後に残された者たちは、死というものを初めて目《ま》の当《あ》たりにした。初めてのことだ！　これが初めての悲しみで、それも限りない悲しみだった。これが初めての痛みで、それも限りない痛みだった。きけ！　と魔法使いが大声でいって指を一本立てると、テントのまわりで風が低くうなり、うめくような声をあげて消え、また低くうなった。寒さと、闇と、氷と、身を切るような風、それはバルドルの死を悼《いた》む者たちの悲しみであり、またロキの悲しみでもある。バルドルはそれきり彼らのもとに帰ってこなかった。こうして、冬が終わっても、途《と》切《ぎ》れることなく、また冬が続いた。バルドルを失った者たちに太陽はなく、光も、温かさもなかった。

　夏はバルドルとともに死に、冬が永遠に続いた。「悲しい、こんなに悲しいことがあるでしょうか」とフリッグはいった。「耐えられない。バルドルにはもどってもらわねばなりません。世界と世界の境《さかい》を破ってでも、もどってもらわなくては。あの門を開かなくてはなりません」フリッグがそういうと、凍《い》てつく空の下の者たちは、そうだそうだと言い合った。

「ですが、いったいだれにそんな旅ができるでしょう」フリッグがいった。「だれか死者の世界《ゴーストワールド》の門をくぐる勇気のある者はいませんか」

「おれがいってきます」最初の魔法使い、ロキが声を上げた。こうしてロキは生きている者で初めて死者《ゴースト》の世界《ワールド》に続く道を歩いていった。それはロキが暗闇でみておぼえた道だった。

そして死者の世界《ゴーストワールド》の門をくぐり、鉄の森を抜け、ついに死と悲しみでできた宮殿《きゅうでん》までやってきた。そこには死者の世界《ゴーストワールド》の女王、ヘルがいた。

ヘルの宮殿は、獰猛《どうもう》な狼と熊に守られていて、狼や熊の毛は血糊《ちのり》がべったりついていたが、ロキはやさしく話しかけながらそばを通り抜けて、宮殿に入っていった。その頃、宮殿はまだ空《から》っぽで、物音ひとつしなかった。いまはいっぱいだが、物音ひとつしないのは同じだ。死者はしゃべることができない。その世界に訪問者がやってきて、話しかけられて初めてしゃべれるようになるのだ。

静まりかえった広間から広間へ歩いていくうちに、バルドルが座っているところまでやってきた。依然《いぜん》として美しかったが、ロキをみる目には、生きていたときにはなかった悲しみが浮かんでいる。だが口をきくことができなかった。初めての死者は最後の死者と同様、しゃべることができないのだ。

バルドルの隣《となり》にはヘルが座っている。ヘルは半身は美しい女だが、半身は死体で、青ざめ、腐敗臭《ふはいしゅう》を香水《こうすい》のように漂わせていた。ヘルはロキにむかっていった。「おまえは死んでいない。おまえが歩くと、この広間の壁が揺れる。いったいなんの用があって、ここにきた」

「女王よ、自分は使者としてここにやってきました」ロキはフリッグの言葉を伝え、世界がバルドルの死を嘆《なげ》いていることを伝えた。「どうかお願いです。死者の世界《ゴーストワールド》の門を開いて、バルドルをわれわれのところにもどしてください」

するとヘルはこう答えた。「こんなに長く、最初の客を待っていたというのに、こんなにすぐにもどせというのか。バルドルをここから送り返せというのか。ここにはバルドル以外に美しいものは何ひとつないというのに？　断《ことわ》る。返すものか」

「女王よ、バルドルの光は、ここ、女王の暗い広間では鈍く、バルドルの温かさも、女王の冷気のそばでは弱々しい。生きていたとき、バルドルは大地を照らして温めていました。そしていま、世界はバルドルの死を悼み、バルドルがもどってくることを心から願っています。どうかお願いです。バルドルをわれわれのもとに返してください」

「地上の者たちの嘆く声はここまで響いてくる。じつに快《こころよ》い音楽だ。だが、世界のものすべてがバルドルの死を嘆いているのか？　いや、そうではあるまい。おまえたちの空の下に住むものすべての嘆き悲しむ声をきかせてほしい。そのような音楽をきかせてもらえるなら、バルドルを返すという願いくらい聞《き》き届《とど》けてやってもいい」

「女王よ、空の下に住むものすべてを泣かせてみせましょう」ロキはそういうと、何もいわない美しいバルドルを最後にちらっとみて、その場を去り、門をくぐって、この世界にもどってきた。

　ロキはもどってきて、ヘルの言葉を伝えた。この空の下に住むものはすべて、バルドルがもどってくることを望むなら、泣かねばならない。

「そうすれば、バルドルはふたたび、われわれのものになるのですね！」フリッグがいった。「この空の下に住むものは、だれひとり、なにひとつ、泣くことを拒むことはないでしょう」

　世界中に使者が走り、大声で告《つ》げ回《まわ》った。「泣け、バルドルのために泣け！　もどってきてほしければ、涙で川を作れ。その川を、バルドルはヘルの国から下ってもどってくる！」使者が通り過ぎると、男たちは地面に座りこみ、バルドルの死を嘆いた。女たちは両手に顔を埋《うず》めて泣く者もいれば、顔を上げて空にむかって嘆く者もいた。子どもたちは突《つ》っ伏《ぷ》して、大地に涙をこぼした。あらゆる動物、あらゆる木や草、あらゆる石——空の下に住むすべてのものがバルドルの死を悼んで泣いた。みるがいい！

　魔法使いはそういうとナイフを持ちあげた。寒い外から温かいテントのなかに持ちこんだので水滴《すいてき》がついている。魔法使いがナイフを傾けると、水滴が刃の上を滑った。

　みるがいい、このナイフはいまでもバルドルの死を嘆き、泣いている。全世界に、この天空に、悲しみの声が鳴り響いた。ところが、ひとりの使者が冷え冷えとした山腹で女の巨人に出会った。醜く、だれからも愛されていない女の巨人は顔をしかめ、首を振って、大声で笑い、泣こうとしなかった。「バルドルがあたしのことをほんの少しでも気にかけてくれたかい？　もしバルドルの光がちらりとでもこのあたしを照らしてくれていたら、あたしはこんなに醜いと思うかい？　もしバルドルの温かさがこのあたしに触《ふ》れてくれていたら、あたしがこんなにさびしいと思うかい？　バルドルなんて、ヘルにくれちまえばいい。あたしは自分のため以外に泣くことはないね」

　これをきいたヘルはいった。「悲しみの音楽はじつに快い。だが、あの巨人の女の涙がないのが残念だ。空の下に住むものたちはすべてバルドルのために泣いたが、あの女だけは泣かなかった。あの巨人の乾いた目は鍵《かぎ》、あの巨人の笑い声は鎖、その鍵と鎖がバルドルを永遠にここに閉じこめるだろう。だが、バルドルを愛する者はくるがいい。もう道はわかったはずだ。これまで閉じていたあの門は、これからは開くことになる。さあ、この宮殿にやってくるがいい。この世界の鉄の森に、バルドルのもとを訪れるがいい。みんなここへやってくるがいい」

こうして、毎年冬の闇が訪れると、かつての友も、いまの友も、多くの、多くの者たちが、老いも若きも、バルドルを追って死者の世界《ゴーストワールド》を訪れるようになった。冬と死は決してわれわれの前からいなくなったことはなく、これからもない。バルドルは決してもどってくることはなかったし、これからももどってくることはない。

だが、バルドルのために泣こうとしなかったあの女の巨人とはいったい何者だったのか、と魔法使いはたずねて、にやっと笑った。それに答えるには、自分自身にきいてみることだ。バルドルの夢のなかに闇を放りこんだのはだれだったか。フリッグからヤドリギの秘密をききだしたのはだれだったか。最初に死者の世界《ゴーストワールド》にいって、ヘルとの約束を取り付けたのはだれだったか。

しかし、わしにはよくわかっている。ロキはバルドルを、この世界を愛していたのだ。実際、だれよりも愛していた。なぜなら、ロキは自分たちの光と同様、自分たちの闇を知っていた、寒さと同様、温かさを知っていた、言葉と同様、沈黙を知っていた、そのうえで、すべてを愛していた。だからこそ、魔法使いのロキは数え切れないくらい何度も、死者の世界《ゴーストワールド》の門をくぐり、鉄の森を抜けて、あの恐ろしい宮殿までいき、バルドルにキスをして、われわれのところに短い夏をもたらしてくれているではないか。

魔法使いはそういって口を閉じた。物語は終わった。

人々はそのあとも耳を傾けているかのように座ったまま、口をぽかんと開けて、魔法使いの言葉が作りだした情景をみつめるばかりだった。多くの顔を涙が流れて口をぬらしている。テントのなかはすすり泣きや、はなをすする音や、しゃくりあげる声であふれた。だれもが、救い出すことのできなかったバルドルのために涙を流した。そして深いため息をつき、物語が終わったことにさえ、ほとんど気づかずにいた。そのうち、ひとり、またひとりとわれに返り、まわりをみまわす頃には、たき火は小さくなって、テントのなかは暗くなっていた。ため息をつくたびに、甘く、痛ましい悲しみが立ちのぼり、だれもがそれを吸いこむうちに胸が痛くてたまらなくなった。バルドルのことも、冬のことも、死のことも、物語は終わらなくてはならないということも、すべてが悲しかった。しかし、やがて人々はまばたきをして顔をぬぐい、自分たちが泣いたことを笑った。多くの人々がいっせいに食べ物を持った手を、語り手に突き出した。平たいライ麦パンや、コケモモや、燻製《くんせい》の魚などが、あちこちから差しだされた。

「おじいさん、素晴らしいお話でした」狐にかまれた子が少し声を震わせながらいった。「こんな素晴らしい物語はいままできいたことがありません」

魔法使いはほほえむと、狐の手からライ麦パンを受けとった。

木の葉はこの訪問者のことをもっと知りたいと思ったが、直接そんなことをたずねるのは失礼だ。そこで、遠回《とおまわ》しにきいてみた。「おじいさん、こんなところまでやってくるのは、寒いなか、長いことかかったでしょうね」

「クマは足が速く、寒さを感じない」魔法使いはそういって、テントのなかにいる人たちが驚いた顔をして、不安そうにするのをみて笑った。魔法使いがこんなに開けっぴろげに、変身の話をするとはだれも思ってなかったのだ。

骨の鉤は木の葉をにらんだが、魔法使いはのんびり楽しそうにまわりの顔をながめている。火明かりが黒い目と、ひげの間からのぞく濡れた白い歯に映っている。「わしのことを知りたいなら教えてやろう」

魔法使いは木の葉にむかっていった。「わしの名はクズマだ」

　だれひとり恐れる者がないくらい力のある魔法使いでもない限り、自分の名前を他人に教えたりはしない。そしていま、この魔法使いは骨の鉤の目をみつめ、骨の鉤が名乗《なの》るのを待っている。名乗られたら、名乗るのが礼儀だ。

　骨の鉤は名乗るよりはと、無礼《ぶれい》を決めこんだ。咳払《せきばら》いをして、クズマから顔をそむけ、何もいわなかった。

　自分の名前を教えるということは、自分を相手にゆだねるということだ。仲間同士でも、名前を呼ばれれば、顔を上げずにはいられない。魔法使いは相手の名前を使って、それとはくらべものにならないくらいのことができる。骨の鉤は自分の無礼をわびようと、妻の膝から魚の干物《ひもの》を取って、クズマに差しだした。

　クズマはそれを受けとらず、もう一度、まわりをみた。すぐそばにいた者たちは混み合ったテントのなかでできるだけ離れようとした。骨の鉤が名乗ろうとしなかったので腹を立てたのではないかと恐れたのだ。

　クズマは長い鼻にしわを寄せ、目をカミソリの刃くらいに細くしてまわりの人々を観察した。顔をおおう白髪まじりのもっさりした髪の間からのぞく、ごつい歯が光っている。しかし、そのすごみのある微笑《ほほえ》みにはどこか悲しさが漂っていた。

「なぜ、わしを恐れる?」クズマがいった。「わしがクマに姿を変えるのは、ときどき人間でいたくなくなるからだ。だが、おまえたちのにおいをかぎ、おまえたちの声をきいたとき、心の底から、仲間になりたいと思った。わしがおまえたちに何か悪いことでもしたか」

　だれも何もいわなかったが、だれもが体を引いた。

「わしは自分で、死者の世界《ゴーストワールド》の道を歩くことを選んだわけではない。わしは鉄のトネリコの子だ。生まれた日の晩、魔法使いがやってきて、わしを弟子にほしいといった。そしてはるか北へ連れていった。そこには氷のリンゴが生えている。そこは人の住むところから遠く離れたところだ。世界の果てだ」

　広大な雪原の孤独と暗い空が、魔法使いのゆっくり話す言葉にこたえて、テントのなかに忍びこんできたかのようだった。

「その魔法使いは歌で、一気にわしを子どもから少年に育てあげた。そして三つの大きな魔法を教えた。そして三百年の命をわしにさずけて死に、死者の世界《ゴーストワールド》にいき、いまはトネリコの木で眠っている。生まれ変わるまでな。そしてわしは、それからずっとひとりで生きてきた。精霊《せいれい》たちが、わしの弟子が生まれたと告げにくるのを待ちながらな。待って、待って、待ちながら、氷のリンゴを育てているうち、この身も氷のリンゴのようになった気がしてきた。わしは二百年間、待った。そしてようやく弟子が生まれ……その子の親から渡すことを拒否《きょひ》された」

　そこにいた子どもたちはしっかり抱きしめられ、膝から膝に送られて、クズマから遠ざけられた。クズマは、親たちが子どもたちをかばうのをみて、またほほえんだ。悲しげで、獰猛《どうもう》な微笑みだった。「魔法使いは弟子がいなくてはならない。自分の長い人生から学んだことを受けつがせなければならないのだ。三百年生きて、その三百年すべてが死者の世界《ゴーストワールド》にいって忘れられてしまったら、いったいなんの意味がある。もしわしの弟子として生まれた子を弟子にできないのなら、ほかでさがすしかない。そうだろう？」

クズマはそういって笑みを浮かべると、骨の鉤の顔をみた。

「おじいさん、世界は広い。さがせばいいではないですか」骨の鉤はいった。ほかの人々はみんなおびえて体をこわばらせ、こそりとも音を立てない。

「自分の子どもを渡してもらえなかった自分にとっては、世界中どこにいっても同じだ。ここにいる子どもをひとりもらっていく。こんなにたくさんいるではないか」

　骨の鉤はクズマの黒い目をみつめ返したが、何もいわなかった。人の大勢いるテントのなかがふいにせわしくなった。父親や母親が子どもを抱きしめて立ち上がり、立ち去ろうとしかけたのだ。が、子どもを抱えたまま仲間の間に座った。息をひそめて、追いつめられた獲物のように、じっとしているのがいちばん安全だと考えたのだ。

「おじいさん、冗談《じょうだん》ですよね」骨の鉤はそっとたずねた。

「冗談だといってほしいようだが、冗談ではない。冗談なものか。子どもをひとり選んで、連れていく。そして、歌で一気に子どもから少年に育てあげ、歌で、その子を愛する者たちからその子を引き離す。そしてその子の手を取って、死者の世界《ゴーストワールド》に連れていく。そうすればその子はおまえたちの間では決して幸せに暮らせなくなる……が、魔法使いになる！　三百年生きる！　どの子をもらっていこうか」

　クズマはテント中を見回した。歩き始めたばかりの子に手を差しだすと、その子は父親にしがみついて顔を隠《かく》した。クズマは、震えあがっている女のほうに身を乗りだして、女の抱いている赤ん坊の顔の布を持ちあげ、長い鼻をくっつけるようにしてその顔をみた。人々は必死の表情で骨の鉤をみているが、骨の鉤は口をつぐんだままじっと座っている。

狐にかまれた子は父親をみつめ、魔法使いを言いくるめるのを待っていた。きっとそうしてくれると思っていた。ところが、骨の鉤は口をつぐんだままだ。狐は父親の顔をみて、怖くなった。その顔には恐怖が刻まれ、ひと言も口がきけそうになかったのだ。

　そこで狐にかまれた子は魔法使いの顔をみていった。「おじいさん、あなたのような立派な人が、ここにいる子どもを奪《うば》っていったりするはずがありません。だって、ぼくたちはあなたをテントに招いて、食べ物をふるまったじゃありませんか。あなたは、そんなひどい人じゃないと思います。まさか、ぼくたちにひどいことをしたりしませんよね」

　クズマは笑ったが、その笑いはそれまで以上にいやらしく、目はそれまで以上に悲しげだった。「おまえは、狐にかまれた子と呼ばれているようだな。なかなか口が達者《たっしゃ》だ。かわいいことをいってくれる。だが、そんな単純《たんじゅん》な言葉で魔法使いをいいなりにできると思うか？　たしかに、おまえたちはわしをもてなしてくれた。テントに入れてくれた。だが、それはわしを愛しているからではない、恐れているからだ」

「なら、どうか、あなたを恐れているぼくたちをあわれと思ってください。どうか、子どもを連れていかないでください。世界がバルドルのことで感じたような悲しみを、ぼくたちにあたえないでください。子どもを連れていかないでください。そうすれば、ぼくたちはいつでもテントに歓迎します。ぼくたちの持っているものをなんでも差しだします」

「わしはどこにいっても恐れられる。だからどこにいっても歓迎される。もしわしがここにいる子どもをひとり、またひとり食っていっても、ここのテントに迎え入れてもらえるだろう。なぜなら、おまえたちはわしが怖くて追い出すことができないからだ。いいか、狐、わしがほしいのはたったひとりだ。大勢いるなかのひとりの子でいい。赤ん坊をひとりだけ、弟子にほしいのだ。ほかの子は放っておいてやる」

魔法使いは満足そうに笑った。自分が要求《ようきゅう》したものの大きさがわかっているのだ。狐と骨の鉤は絶望して顔を見合わせた。一方、ほかの人々はふたりをみつめている。どの子を差しだそうと、その子の家族は、子どもを差しださずにすんだほかの人たちみんなを責めるだろう。子どもを連れていかれれば、この先ずっと不和《ふわ》と争《あらそ》いが続くに違いない。ことがあるたびに、子どもを失った家族はこのときを思い出し、このときのことをむし返し、ほかの家族の力になろうとしなくなる。トナカイを追う人々の暮らしは厳しい。全員が助け合わないと生きていけない。

しばらくして骨の鉤が口を開いた。手を伸ばして狐の肩に置くと、魔法使いのほうを向いて話しかけた。「われわれからはだれひとり、子どもを差しだすことはできません。ですから、ご自分で選んでください」

クズマはまた声を上げて笑い、ゆっくりテントのなかを見回した。そこにいる子どもはひとり残らずみえた。しかし、どの子も裾の長い部屋着にくるまって親の背中の後ろに隠そうと押しこまれていたが。

狐にかまれた子は、魔法使いの自信たっぷりの笑いがいやだった。相手をいいふくめる言葉が役に立たないことがたまにある。賢い狐もそういうときはかみつかなくてはならない。「このテントの子どもはだれひとり渡しません」

親たちは子どもが連れていかれるのではないかとまっ青になっていたが、狐の断固《だんこ》とした言葉にはっとして、そちらに目をやった。クズマも狐をみた。そして声を上げて笑った。

狐はベルトからナイフを抜いて、魔法使いのほうに向けた。客に刃物を向けるのは礼儀知らずのすることだ。「このテントの子どもは渡さない！」

骨の鉤は息子の手首をつかんで、ナイフを下に置かせた。しかし、クズマは立ち上がっていた。そしてだれかがわびをいう間もおかず、呪文《じゅもん》を唱《とな》え始めた。

さあ、呪われるがいい、と魔法使いはいった。さあ、呪われるがいい。波はうねりながら岸に打ち寄せ、そして引く。太陽はのぼり、そして沈《しず》む。

光は闇に、闇は光に変わる。変わらないものはない。わしはおまえたちに、変身の呪いをかける。永遠に変わり続けろ。さあ、呪われるがいい。

闇のなかでは、狼になれ。狼に変われ！

目は狼の目になり、狼のようにみろ！

耳は狼の耳になり、狼のようにきけ！

口は狼の口になり、狼のように食え！

喉《のど》は狼の喉になり、狼のように叫べ！

手と足は狼の足になり、狼のように走れ！

体がすべて狼になり、狼そのものになれ。狼に変われ！

さあ、呪われるがいい！

テントから立ち去ろうと押し合っている人々をみて、クズマは狼のように吠えた。とたんにそこにいた人たちの脚が狼の脚になって、だれもが転んだ。着ていたものが新しい体の邪魔になったのだ。人々は大声でクズマに、どうかやめてくださいといおうとしたが、出てくるのは狼のようなうなり声と鼻を鳴らす情《なさ》けない音だった。まわりをみると、仲間の姿はなく、ぎらぎら光る、おびえた狼の目ばかりだった。音楽と言葉は最も強い魔法だ。魔法使いがそのふたつをより合わせれば、だれもそれに逆《さか》らうことはできない。狼になれ、魔法使いはそう歌った。そして人々は狼になった。

　永遠に変わり続けろ、とクズマは歌った。種は芽《め》に、芽は茎《くき》や花に、花は実に、実は種に変わる。おまえたちは、永遠に変わり続けるがいい。

　闇のなかでは狼に。光とともに、また人に。闇のなかでは狼に。光とともに、また人に。

　夏は短く、冬は長い。闇とともに、狼の姿になれ。

　さあ、呪われるがいい！　わしの言葉は太陽とともにのぼり、闇のなかで語りかける。わしの言葉は春とともに花咲き、雪とともに散っていく。さあ、呪われるがいい！

　闇のなかでは狼の姿、光のなかでは人の姿。永遠に変わり続けろ！　永遠に変わり続ける呪いを受けるがいい！

　クズマは怒りにまかせて、大声で笑いながら、テントをなぎ倒し、柱を引き抜いて、トナカイの毛皮を剝《は》ぎ取った。狼たちは逃げていった。毛皮に包まれた体で必死に、恐怖のあまり声も出せずに走っていった。悲鳴を上げる者もいない。だれもが走るだけでせいいっぱいだった。

クズマの上には黒々とした空が広がり、空には無数の星が散っている。クズマは、狼たちが走って、雪明かりに溶けかかった闇のなかに消えていくのをみつめていた。

クズマは白クマの毛皮を身にまとい、白クマの頭をかぶると、前に体を倒して手と膝をついた。蛇《へび》のような首の、肩の肉が盛りあがった白クマもまた、立っていた場所から歩きだし、雪明かりと闇の霧のなかに消えていった。

まっ白な雪とまっ暗な空の間で、トナカイたちはうろうろしていた。だれも自分たちを追ってこない。犬たちは置き去りにされ、わけがわからず、テントの残骸《ざんがい》や、乗る人のいない橇《そり》の間をうろついて、野営《やえい》地《ち》を遠巻きにして走る狼たちにけたたましく吠えた。雪が降った。

ところで、クズマはいったいどこにいったのだろう（と、猫はたずねる）。クズマは死者の世界《ゴーストワールド》にいった。そしてトナカイの肩甲骨《けんこうこつ》に呪いを彫りこみ、森のまん中に立っている鉄のトネリコの木に登った。いくつもの巣の横をのぼって、その梢《こずえ》までやってくると、一匹のクロテンが巣のなかで眠っていた。クズマはクロテンの巣に呪いを放りこんだ。

「わしの弟子が魔法使いになり、死者の世界《ゴーストワールド》への道を知れば、この呪いを解《と》くことができる。わしがこの呪いを解くことは決してない」

このうえなく強い呪いだった。なにしろ、ふたつの世界にまたがった呪いなのだから。この呪いが解けるのは、光が闇を追うのをやめたときか、夏が冬を追うのをやめたときか、アンブロージが死者の世界《ゴーストワールド》までやってきて、鉄のトネリコの木に登ったときかしかない。

第三章　アンブロージ

その猫はカシの木のまわりをぐるぐる回りながら、金の鎖を巻きつけていく。

いったい（と猫はたずねる）、狼に姿を変えられた人々はどうなっただろう？　クズマはどうなっただろう？　それは（と猫は語る）あとで話そう。

ところで、マリユータを覚えているだろうか。クズマに弟子を渡すのを拒んだ猟師だ。マリユータは生まれた息子に、不死——アンブロージという名をつけた。

さて（と猫はいう）、これからアンブロージのことを、アンブロージがどんなふうに育ったかを語ろう。

アンブロージが一歳になる前に、母親が死んだ。子どもを産んでからずっと具合が悪かったのだ。アンブロージは少しの間、母親がいなくなってさびしく思ったが、家にはたくさんの人がいて、抱きあげて、抱きしめてくれたり、話しかけてくれたり、遊んでくれたりした。死者の世界《ゴーストワールド》の門がイェフロシニアのような人を迎えて閉まったら、二度とその人のために開くことはない。しかし、アンブロージはまだ幼くて、「永遠」がなんなのかわからなかった。

ただ長女をなくした祖父や祖母は、「永遠」の意味をよく知っていた。

また、マリュータはどんな気持ちだっただろう？　長いこと妻になってくれる相手を待ち続け、ようやくその相手をみつけて、心を開き心から大切に思っていたのだ。

罠に足をはさまれた動物が痛みのあまり、そして恐怖と絶望にかられて、自分の足を食いちぎることがよくある。マリュータはイェフロシニアの死という罠にかかって、悲しみにとらわれていた。もし片手を食いちぎって、悲しみから逃れることができたなら、そうしただろう。しかし、どうしたところでその罠から抜け出ることはできない。罠が錆《さ》びてはずれるのを待つしかなかった。

マリュータは幼い息子をみて、地上にイェフロシニアが残してくれたものはこれだけだと思った。イェフロシニアの髪は黒かったが、アンブロージの髪はもっと黒い。マリュータはアンブロージのふさふさした太くかたい豊かな髪を指ですきながら、妻の髪が肌に触れたときの感触《かんしょく》を思い出した。やがて記憶にあるイェフロシニアの顔が、アンブロージの生き生きとした顔と重なって、実際には妻はかわいくはなかったということを忘れた。そしてアンブロージは母親とそっくりだというようになった。そうだったと信じたかったのだ。もしそうでなければ、イェフロシニアの記憶がまったくなくなってしまうからだ。

アンブロージはたくましく、足が速く、目ざとく、なんでもすぐに質問をする少年だった。そして美しく、あざやかな色の対照《たいしょう》が目を引いた。黒い目と黒い髪が白い肌に映《は》えた。温かい血が頬や唇を輝かせた。

家を訪れた人はアンブロージをみると、祖母かマリュータに、とてもかわいい男の子ですねといった。マリュータは自慢げに語った。アンブロージが生まれたときはまるで奇跡のように思えたし、この生き生きした子、死んだ妻の形見《かたみ》の子もまた奇跡のように思える、と。そしてアンブロージが駆けてくると抱きあげて、キスして、抱きしめて、こういうのだった。「ここには、皇帝の宝物殿《ほうもつでん》すべてを足したよりも素晴らしい宝がある！」

「そうとも」客はこう答える。「われわれの唯一《ゆいいつ》の宝は子どもだからな」するとマリュータは内心、むっとした。奴隷仲間が、丸顔で、冴《さ》えない、はなをたらした子どもを、かわいいアンブロージとくらべたのが気に入らないのだ。

しかし、深い愛は終わりのない深い悲しみを招く。

マリュータはイェフロシニアを愛し、イェフロシニアは死んでしまった。アンブロージを愛することは、その悲しさをやわらげるどころか、いっそう深くしてしまった。アンブロージを抱えあげて、その小さく、やわらかく、確かな体を胸に押しつけると、その体のはかなさを思って心が痛み、数え切れないほどのよくないものがその体に食い入って荒らしてしまうのではないかと考えてしまう。息子が走るのをみると、その美しさと力強さにほれぼれする一方、転ぶのではないかと心配してしまう。アンブロージがうれしそうなところをみると、マリュータはいっそう心が痛み、幸せで素直な子ども必ず経験する、死、裏切り、絶望といった悲しみを想像してしまうのだった。だが、子どもをそういう悲しみから守ろうとすれば、箱の中に閉じこめておくしかない。それはまた別の悲しみを産むだけだ。

マリュータは、冬が訪れるたびに、村を離れ、息子を残していくのがつらかった。世話をしてくれる人たちがいることもほとんどなぐさめにならない。祖母も祖父も、おじもおばも、みんなアンブロージを心から愛してくれている。ただ、自分ほど愛してくれはしないだろう、とマリユータは思っていた。自分にとってこの子は奇跡だが、ほかの人にとってはそんなことはないのだから。ほかの人には自分の孫や、自分の子どもがいるし、ほんの少しの間くらい、アンブロージから目を離すことだってあるだろう、その少しの間に、氷を踏み破って溺《おぼ》れてしまうかもしれない、暖炉《だんろ》の火が燃え移ってしまうかもしれない、外に出て冷たい闇のなかで迷ってしまうかもしれない。それにどんなに愛情深く注意深い親戚《しんせき》でも、アンブロージが恐ろしい病気にかかったら、どうしようもない。

もし長い冬の不在《ふざい》が終わってもどってきて、アンブロージの墓《はか》が待っていたらどうしよう。アンブロージの思い出とともに生きるしかなくなったら、どうしよう。その思い出は妻の思い出と同じように薄れていくばかりだろう。そのうち、ふたりの顔も記憶から消えてしまうのだろうか。そんな重く、つらく、恐ろしい気持ちを抱えて、マリユータは暗い冬のなかに出ていくのだった。

なぜ出ていかなくてはならないのだ。なぜ、ひとりで冬のなかに出ていかなくてはならないのだ。ほかの人たちといっしょに村にいてはいけないのか。闇を閉め出すドアの内側で、暖炉のドアを開けて、なかの火をながめていてはいけないのか。マリユータが村を出ていかなくてはならないのは、皇帝の奴隷だからだ。そして皇帝が毛皮を欲しているからだ。

だが、マリユータは村から離れれば離れるほど、村は自分の心で、一歩あるくごとに自分の心が自分の体から離れていくような気がした。そしてひとり嘆くのだった。なぜ、いかなくてはならない。なぜ、いかなくてはならないのだ。

春になるとマリュータは、大急ぎで、ほっとして、食料とプレゼントを持ってもどってきた。そして村についてみると、かわいい息子、皇帝の宝、自分のアンブロージが、父親の顔を忘れてしまって、祖母のスカートの後ろに隠れるのだった。これも、つらかった。

「おまえのお父さんだよ」祖母はいった。「ほら、話してやったじゃないか。おぼえているだろう。さあ、お父さんにキスしなさい、アンブロージ」

ところが幼《おさな》いアンブロージは、マリュータの大きなひげもじゃの顔も、血と汗のにおいも、太くてしゃがれた声も、どれも怖くて、近寄ろうとしなかった。しかし、猟師は待つことを知っている。マリュータは座って、アンブロージがやってくるのを待ち、身動きもせず、じっと黙ってながめた。それからおもちゃや、干した果物や、砂《さ》糖《とう》漬《づ》けの果物をみせた。するとすぐにアンブロージは、マリュータがまたいで座っている長椅子に上がってきて、無《む》理《り》強《じ》いはしないでいつでも歓迎してくれる父親の膝に乗り、腕に抱かれた。

そのうちマリュータは長椅子からおりて、床に手と膝をつくと、アンブロージを背中に乗せてやった。そうかと思えば、木の丸椅子や長椅子の間をうなり声をあげて追いかけた。すると大声で笑っていたアンブロージは、ひげを生やした大きくて怖そうな熊におびえて、声を震わせて泣きだすのだった。しかし、祖母になだめられると、祖母の後ろから元気よくでてきて、笑いながら熊の方に、父親の方に駆けていって、またいっしょに遊ぶのだった。

アンブロージはマリュータに動物の話をしてもらうのが好きだった。とくに熊の話が好きだった。「夜になると、熊がこのうちにやってくるんだよ」アンブロージはマリュータにいった。

マリュータは目を丸くした。「熊だって？　熊がこのうちに？」

「うん。うちにやってきて、ベッドに寝てるぼくをみるんだ」

アンブロージが、祖母とではなく父親と寝たがるのは、それが理由だった。父親のほうが祖母よりもずっと大きくてたくましくみえるからだ。熊が牙《きば》をむいても簡単に追いだしてくれそうだからだった。

「熊はぼくにこういったんだ――」アンブロージはいいかけて口をつぐんだ。マリュータのシャツの刺繍の赤い糸が切れているのに気がついたからだった。

「熊はおまえになんといった」マリュータがきいた。

「ぼくにこういったんだ……背の高い木がある。鉄の森のなかに――」アンブロージは深く息を吸いこみながら、赤い糸を力まかせに引っぱった。「その枝にはいくつも巣があって――」

「どんな木にだって巣はあるぞ」マリュータはいった。しかし、アンブロージが眠ってしまうと、祖母に、アンブロージは熊の出てくる怖い夢をみるらしいといった。

「子どもはみんな怖い夢をみるもんだよ」祖母はいった。「アンブロージは、みんなが熊の話をするのをきいて、怖くなったんだろう。大きくなれば忘れるよ」

　しかし、家のなかに熊がやってくるという話をきいて、マリュータは記憶のなかの何かをくすぐられるような気がした。深い水の底にいる魚が体をくねらせて、その動きが伝わって小波《さざなみ》が立つような感じだった。アンブロージが夜やってくる熊の話をしつこく話すので、マリュータは祖母に小さい袋を作ってなかに塩を詰めてアンブロージの首にかけてやってくれと頼んだ。塩は、夢にとりつく魔法使いや悪霊《あくりょう》を遠ざけてくれると信じていたのだ。

ふたたび冬が近づいて、村を離れなくてはならなくなると、マリュータはアンブロージをそばに引きよせていった。「今度もどってくるときは、何を持って帰ろうか」

アンブロージは肩をつかんでいるマリュータをみあげた。黒い髪のかかった頬が明るく輝いている。そしてこういった。「太鼓」

マリュータは驚いた。「砂糖で作った熊はいらないのか？　鞍《くら》と鐙《あぶみ》のついた小さな馬はいらないのか？」

「太鼓」アンブロージはいった。

その年、マリュータは命の危険《きけん》を承知《しょうち》で、皇帝のための毛皮を数枚隠しておいた。そして街にいくと金持ちの農夫に売り、その金をポケットに入れて、できるだけいいおもちゃの太鼓をさがした。暗い通りを抜け、春の陽気と街角のたき火で解けかかっている雪のなかを歩き、市場の屋台をみて回った。木彫《きぼ》りの人形、木彫りの馬と馬車、兵隊、紐を引くと首を下げて台をつつく木彫りのニワトリ。太鼓もあった。しかし、どれもかわいいアンブロージに持って帰ってやりたいものではなかった。

そこで、街のきれいな店にいってみた。大きなガラス窓のむこうにはオイルランプが灯《とも》り、色とりどりの、高そうなおもちゃやお菓子が並んでいる。「おもちゃの太鼓がほしいんだが」マリュータはいった。「この店でいちばんいい太鼓がほしい。かわいいやつがいい」

マリュータは店主や、ほかの客に、息子がどんなに美しいか、どんなに賢いか、話した。「皇帝は黄金《おうごん》の卵やダイヤモンドの花を持っているが、おれの宝物ほど素晴らしい宝物は持っていない！　おれは息子に太鼓を持って帰ってやると約束したんだ」それは、これまで聖者《せいじゃ》の骨にかけてかわされたどんな約束よりも重い約束だった。マリュータは最高の太鼓を買わない限り、この街から出ていくつもりはなかった。

何人かの店主は、この髪がもじゃもじゃの大男の子どもへの愛に感動して、喜んではしごを上がったり、カウンターの後ろをさがしたり、裏の部屋をあさったりして、マリュータの前にいろんな太鼓を並べてみせた。ついでに、小さな城やラッパや、紐を引っぱると旗《はた》を振ったり太鼓をたたいたりする木彫りの熊も並べた。

　何人かの店主は、血のにおいと、マリュータの持ち歩いている生乾《なまがわ》きの毛皮のにおいにぞっとし、大きな声が店に響いて、金持ちの客がいやな顔をするのを迷惑《めいわく》に思った。そういった店主は冷ややかに、うちにある太鼓は全部そこに並べてある、気に入らなければ、ほかにはないといった。そしてマリュータが息子自慢を終えて出ていくと、ばかにしていった。「まったく、ガマガエルは自分の子どもがいちばん美しいと思うもんだよ」

　マリュータがようやく選んだのは、皇帝につかえる兵士がたたく太鼓をそのまま小さくしたようなものだった。白くまぶしい革が張ってあって、丸い胴《どう》の部分は赤と金の紐飾《ひもかざ》りがついていて、それに青いリボンと、きれいに削《けず》ったばちが二本ついていた。マリュータは物足りない気がしたが、その街でいちばんいい太鼓だった。マリュータは相手の言《い》い値《ね》でそれを買ったが、まだ市場の屋台で木の馬と、その馬が引く馬車を買う金は残っていた。もし自分がアンブロージだったら、ぜったいにこの馬と馬車をほしがっただろう。土産《みやげ》を買い終えると、マリュータは急いで村にもどった。

　マリュータが持って帰ったものを並べると、アンブロージはすぐに馬と馬車をつかんで抱きしめた。ところが輝く太鼓をみても、いったいこれはなんだろうという顔をするばかりだった。マリュータはばちを一本取り上げると、太鼓の革をとんとんとんとたたいた。

アンブロージはもう一本のばちを持って太鼓をみつめた。そして二度たたくと、ばちを落として背を向け、馬と馬車で遊びだした。

　老いた祖母はマリユータががっかりしているのをみてなぐさめた。「そんなにしょげることはないよ。まだ赤ん坊なんだから。太鼓を頼んだことなんか忘れてるんだ。ほら――馬と馬車がとても気に入ったみたいじゃないか」

　マリユータはうなずいた。そのままだったら、そのことは忘れてしまったことだろう。ところが、二日後、赤い太鼓は家のドアの外側にかけてあった。金の紐飾りは引きちぎられていて、白い革には赤の絵具でわけのわからない絵が描いてあった。マリユータが手に取ってよくみると、その絵は思ったほどいいかげんなものではなかった。角のある鹿の頭、太陽、槍《やり》を持った男、家、魚、その他いろんなものが単純な模様になって、たくさん描きこまれている。マリユータは白い革に描かれた赤い模様をみつめているうちにまた、深く冷たい記憶の湖の隅をくすぐられるような気がした。一瞬、頭のなかに一枚の絵が浮かんだが、なんだかよくわからないまますぐに消えてしまった。男の姿が、明るく照らされたドアの前で黒い影になっていて、その男の肩には楕円形《だえんけい》の平らな太鼓がかかっている。ゴーストドラムだ。その太鼓が床に落ちているのもみえた。革には赤い模様が描かれている。

　記憶をくすぐられて、マリユータは顔をしかめた。それは暗く、とらえどころがなく、まるで夢の記憶のようだった。

　アンブロージが横を駆けていこうとしたところを、マリユータは片手でつかまえてきいた。「太鼓にこんなものを描いたのはおまえか」

アンブロージは一瞬、していた遊びを忘れて、太鼓に描かれた赤い模様をみた。

「うん、そうだよ、父さん」そういってマリュータに飛びついて腕をまわそうとしたが、さすがにマリュータは大きすぎた。

「どうして、そんなものを描いた」

「本物っぽくしたかったから」

「これは本物の太鼓だ。皇帝につかえている兵士が使う太鼓にそっくりだろう」

「ううん。本物の太鼓っぽくしたかったんだ」

「この赤いのはなんだ。いったい、何を使った？」

「えっとね」男の子はうれしくてたまらないといわんばかりに、つっかえながら説明した。「ぼく――ほら、とってきた――皮を――木の皮を口に入れてくちゃくちゃ――くちゃくちゃやってると、赤くなるんだよ。それを使って描いたんだ。もし父さんも赤い汁を作りたいんだったら、どの木か教えてあげる」

「いったい、だれに教わった」

アンブロージは口をつぐんで、目の前をじっとみつめた。どう答えていいかわからないという顔だ。

「だれに教わった」マリュータがまたきいた。

「知ってたんだ」アンブロージは考えるのをあきらめて答えた。

マリュータはそれ以上しつこくたずねることはなかったが、それまで以上に、息子の言葉や行動に気をつけるようになった。気になったのは、アンブロージが口ずさむ歌だ。子どものおしゃべりや歌にはだれもたいして注意を払わない。しかし、アンブロージのうたう歌はマリュータがきいたことのないものばかりだったし、子どもがよく歌う、自分勝手に作った調子《ちょうし》っぱずれの歌ではなかった。いったいだれに教わったのかたずねてもむだだということはマリュータにもわかっていた。アンブロージ自身わかっていないのだ。

　そしてアンブロージはいつまでも怖い夢をみた。村にいるときは、マリュータがアンブロージといっしょに寝た。そして夜中に、アンブロージが泣きだすと、抱きしめて落ち着かせた。「どんな夢をみたんだ」とたずねたが、答えはいつもほとんど同じだった。

「熊がやってきて、いっしょにきてほしがったんだ」

「熊がいっしょにきてほしがったって？　どうしてそんなことがわかった」

「だって、ぼくに話しかけてきたんだもん。起きて、いっしょにこいっていったんだ」

「だが、おまえはいかなかったんだな。おまえはここに、父さんといっしょにいればだいじょうぶだ。もし熊がもどってきたら、父さんがそいつの毛むくじゃらのけつを蹴飛《けと》ばして追いだしてやる」

　それをきくとアンブロージは安心して、くすくす笑いだした。温かい闇のなかで父親と身を寄せ合っていると安心した。部屋には真夜中の日の光がよろい戸の隙間から斜《なな》めに差しこんでいる。一度、アンブロージはこんなことをいった。「話をしてくれるんだよ」

「熊が話をしてくれるのか」

「いつもしてくれるんだ。話をしてから、『起きて、いっしょにこい』っていうんだ」

「どんな話をしてくれる」

「ええっとね」アンブロージは、ふうっと息を吐いた。「いろんな話。なにもかもだよ」そういって、ふたたび眠りに落ちた。

マリユータは寝られず、ベッドの上に差している太陽の光に手をかざした。手が温かくなる。熊と真夜中の陽光が頭のなかでまざりあって、あのいやなにおいがよみがえってきた。忘れることもできない強烈なにおい、あの腐《くさ》ったような熊のにおいが。しかし、それが夢だったのか現実だったのか、自分が起きていたのか寝ていたのか考えているうちに、また眠ってしまった。

目が覚めるとアンブロージと話をしたことを思い出し、何時間もそのことを考えたあげく、祖母のところにいって、こういった。「今年、猟《りょう》にいくときは、アンブロージをいっしょに連れていくことにする」

「あの子はまだ赤ん坊じゃないか。連れていくのはむりだよ」

「いっしょに連れていく。無事《ぶじ》でいるかどうか心配でしょうがないんだ」

「あの子はだいじょうぶだよ、あたしたちといっしょにいるんだから」祖母はいった。「それともあたしたちがしっかり世話をしていないとでもいうのかい。かわいい娘の産んだ子だというのに。ひどいじゃないか。熊や狼のうろついているところに連れていくだなんて。あたしの目の黒いうちは、絶対にそんなことはさせないからね！」

祖母は怒った。祖父も、おばたちもおじたちも怒った。マリユータはしかたなく、アンブロージを残していくことにした。

出発する少し前のこと、アンブロージがやってきた。そして長椅子に座っていたマリユータの膝に上がると、気持ちよさそうに座ってきいた。「父さん、ぼくの名前は何？」

「アンブロージだ！　まさか、知らないはずがないだろう」

「ううん。ぼくの本当の名前」

「父さんがおまえにアンブロージという名前をつけた。だからそれが本当の名前だ」

　アンブロージは何もいわずに、ほんの少しだけ顔をしかめた。納得《なっとく》できないことがあると、よくそんな顔をする。

「だれかに、本当の名前はアンブロージじゃないといわれたのか」

「熊がそういったんだよ」アンブロージの返事をきいて、マリユータは全身の骨が氷水に変わったような気がした。

「夜やってくる熊か?」アンブロージはうなずいた。「そいつは夢だ。悪い夢だ。ただの夢だ。熊のいったことなんか気にしなくていい。お前の名前はアンブロージだ」

「わかった」アンブロージはマリユータの膝から下りると、走っていなくなった。

　その年、猟に出かける前、マリユータは祖母に、赤い布の切《き》れ端《はし》を聖なる水につけて、アンブロージが首にかけている塩の袋に入れてやってほしいと頼んだ。塩と赤い布と聖なる水があれば、きっとアンブロージは無事でいられると思ったのだ。

　こうして（と猫は語る）、地球は回り、このカシの木の葉があたりに散り、ドングリも落ちてきた。そして雪の季節がやってきたが、この鎖は金でできているので錆びなかった。そして雪が解け、草が生え、マリユータがお菓子やおもちゃを持ってもどってきた。

「まだ夢をみてますか」マリユータは祖母にたずねた。

「いいや」祖母はうれしそうに答えた。「あれっきり、怖い夢はみてないよ。夜はぐっすり寝るようになった」

「もう熊の夢はみなくなったのか」マリュータは息子にきいてみた。

「男の人だった」アンブロージが答えた。

「男の人?」

「あの熊だよ。ここにくるときは熊にみえるんだけど、本当は男の人だったんだ」アンブロージは父親の膝から下りると、部屋の隅にいって太鼓を持ってきた。胴の赤い色は薄れていて、金の紐飾りはなくなっていたが、白い革に描いた赤い模様はきれいに残っている。「ぼく、太鼓をたたけるんだよ。熊が教えてくれたんだ」

「熊が?」

「歌も教えてくれた」アンブロージは父親に寄りかかると、歌いだした。美しく澄《す》んだ声で、しっかりしたメロディーで歌いだしたので、マリュータは驚いた。歌詞《かし》は「おいで、おいで、おいで、おきき」のくり返しだったが、その言葉が複雑《ふくざつ》なメロディーに織《お》りこまれていて耳をくすぐるかと思えば、急に調子が変わって、前のメロディーはどんなだったか確かめたくて、もう一度くり返してほしくてたまらなくなる、そんな歌だった。かと思えばいきなり途切れて、きいていると思わず息を止め、不安になって、早く歌を続けてほしくてたまらなくなる。

アンブロージは歌い終わると、声を上げて笑った。マリュータはまばきをして、あたりを見回した。入り口のところに子どもたちが集まっていて、祖母も仕事の手を止めてききいっている。マリュータの足元にいる二匹の犬は横になって耳を傾け、アンブロージをじっとみている。猫までが、暖炉のそばの温かい寝場所を出てきている。

「いい歌だな」マリユータはそういって息子にキスをした。しかし、全身の骨が凍りついていた。頭のなかにまた、あの光景が浮かんでいた。暗い部屋、真夜中の明るい光のなかに立つ男、肩にかけた太鼓、肩からたれている白クマの毛皮。ぼんやりと、暗闇に目をこらしているときのように、まぶしい光のなかで目をこらしているときのように、記憶がよみがえってきた。男の声が、何度もくり返し、アンブロージをくれといっている。

「今年、狩りにいくときはアンブロージを連れていく」マリユータはそういったが、祖母が、だめだよといった。ほかの者たちも口をそろえて、だめだといった。子どもなんか連れていくと、足手まといになる。ばかな真似をするんじゃない。ふたりとも死んでしまうかもしれないぞ。それも暗くて寒い雪原の上で。子どもなんてすぐに大きくなるんだ。あと何年かは、ばあさんに預けていくほうがいい。

　マリユータはもう一年、ひとりで出かけることにした。そして春になってもどってくると、村は出ていったときとちがっているようにみえた。しかし、なぜかはわからなかった。人々が自分をみる目が変だった。まるで、怖がっているような目だ。だれもが、知らん顔をして、話しかけもせずに自分のうちに帰っていく。

　マリユータの記憶にある幸せそうな人々ではない。そしてうちに帰って祖母に、アンブロージはどうだったときくと、祖母は火にかけた鍋《なべ》をかきまぜているところだった。「あれは変な子だねえ」

「どういうことです」

　祖母は鍋をかきまぜる手を止めずに答えた。「あたしの娘の子とは思えないよ」それをきいてマリユータは首をかしげた。アンブロージの顔にはまちがいなく妻の面影《おもかげ》がある。「おまえの息子とも思えないよ、マリユータ」祖母は首を振って、柄《え》の長い木のスプーンでシチューを何度もかきまぜている。「あたしの娘はあんな目をしてなかった……そうとも、イェフロシニアには似ていない。あの子はいったい、だれに似てるんだろう」

アンブロージが話をするのを、マリユータは土埃の立つ村の小道でよくみかけた。ほかの子が何人もまわりに集まって、アンブロージの話が終わるまでじっと黙ってきいている。

マリユータは時間があれば、そばに座って話をきき、子どもたちの顔をながめていた。それがうれしかったのだ。ところが、大人はみんな、子どもがそこに集まっているのをみると顔をしかめ、その場を避《さ》けて遠回りしていく。そのくせ、たまたま近くにきてアンブロージの言葉が耳に入ってくると、話が終わるまでその場から動けなくなるのだった。

夕方、祖母の家の外にはたくさんの人が集まってきて長椅子に腰を下ろす。男も女も子どもも、アンブロージが話や歌をはじめると、口をつぐんで耳を傾ける。ところがときどき、アンブロージが話しはじめるとすぐに、祖母が大声でしかりつけることがある。「今日はもう好きなだけ話をしただろう、アンブロージ！」どこかの男が大きく手を打ち鳴らして、こういうこともある。「話をするのは年寄りだ。子どもはきいていればいい！」そんなときは、アンブロージも話をやめる。すると子どもたちはがっかりして、大人たちはほっとするのだった。

また一年が過ぎ、闇に包まれたかと思うと、次第《しだい》に明るくなってきた。春になってマリユータが村に帰ってくると、挨拶《あいさつ》まわりも終わらないうちに、祖母がやってきて、腰に手を当てていった。「マリユータ、今年、狩りにいくときはアンブロージを連れていっておくれ」

「なんですって？　そろそろいっしょに連れていっていい年になったということですか」

「いいや」祖母はいった。「だけど、これ以上、ここにいてほしくないんだよ。だから、連れていっておくれ」

「いったい、何をしたっていうんです」

「話をするんだよ」祖母が答えた。「歌をうたうんだよ」

「いいじゃないですか」

「だれも教えたことのない話をするんだよ。あたしたちがだれもきいたことのない歌をうたうんだよ」

マリユータは声を上げて笑った。「いいじゃありませんか！　あの子は賢いんですよ。自分で作りあげたんです」

「あんな小さい子に、あんな話が作れるもんか。あんな長くて、あんな奇妙な話が――！　それにひと言だって言《い》い間違《まちが》えることがないし、言葉を忘れることだってない」

「それにあの子の話をちらっとでもきいたら」おばがいった。「最後まできいてしまうんだよ。ほかに仕事があろうが、どうでもよくなってね。子どもたちときたら、しじゅうあの子の話をききたがるし！」

「イェフロシニアはあんな目をしてなかった」祖母がいった。

「あの子は、人に魔法をかけるのよ」おばがいった。

「女のたわごとですよ、どれも」マリユータはいった。

するとと祖母はかっとなって、こういった。「ほう、そうかい。男たちも同じたわごとをいってるよ。みんなで決めたんだから。何がなんでも、あの子は連れていっておくれ！　もしあの子がおまえの息子で、妖魔《ようま》の子でないならね！」

「連れていきますよ！」マリユータはいった。「いますぐ、連れていきます！」マリユータはアンブロージを呼び、ふたりの持ち物をまとめると、それをトナカイの背中に乗せた。こんなふうにさっさと孫がいってしまうのをみれば、祖父も祖母もあわてると思ったのだ。ところがふたりとも何もいわず、マリユータが荷造《にづく》りをするのをみていた。「持ってきた食べ物も、ほかの村に持っていきますよ」といったが、だれもマリユータを止めようとはしない。

　祖母のいったとおり、村人はみんなアンブロージに出ていってほしがっているらしい。

アンブロージは泣きながら家を出ると、ほかの村に落ち着いても、話をすることもなければ、歌をうたうこともなくなった。そして、夜、怖い夢をみて目を覚ますこともなくなった。

「おまえはまだ、あの熊の夢をみるのか」マリユータがきくと、アンブロージはうなずいた。「この頃は、どんなことをいってくる？」

「だれも、おまえの話をききたがらなくなる、だれもおまえといっしょに暮らしたがらなくなる、おまえの本当の名前をわしに教えろ、そしてわしといっしょにこい」

　マリユータはアンブロージを、その熊に負けまいと強く抱きしめていった。「父さんはおまえの話をききたいぞ！　それにいっしょに暮らしたい。そんな熊のいうことなんかに耳をかすんじゃない！」

　その年また冬がやってきた。マリユータは、まだよく知らない人たちにアンブロージをあずけていくわけにはいかなかった。こうして七歳のアンブロージは暗く長い冬を父親といっしょに狩りをし、獲物を仕留めて毛皮を集めることになった。

　夏はアンブロージもよく知っていた。眠って、まぶしい光で目を覚ます。乾いた白い土埃に厚くおおわれた道も、緑あふれる森も、鳥のさえずりも知っていた。しかし、冬はあまりよく知らなかった。暖炉のある暖かい家のなかと、暗いけれど安全な裏庭くらいだ。

　それがいまは、父親に連れられて、深く雪の積もった静かな荒野に、雪明かりに照らされた不気味《ぶきみ》な闇と寒さのなかにいる。きこえるのは耳元をかすめてうなる風の音だけ。風は何もない闇に深く深く消えていって、おそらくオオヤマネコか狼の耳元でまたうなるのかもしれないが、ほかの少年の耳元でうなることはない。自分たち以外にだれもいない広大な空間は圧倒的《あっとうてき》でめまいがするほどだった。

　夏の間にマリユータはアンブロージに、小さい弓と矢と小さいスキーを作っておいた。スキーの板は右のほうが左の倍ほど長い。マリユータはそれを息子の足にくくりつけて、使い方を教えた。左のスキーで雪を蹴《け》って、右のスキーで滑りながら、弓で雪を突いて進んでいく。アンブロージはすぐに使い方を覚えたが、同じ足で蹴っていくのが大変で、すぐに疲れ切ってしまった。そこでマリユータは息子をトナカイの毛皮で包んで、まだ毛皮を剝《は》がれていないトナカイの引く橇《そり》に乗せてやった。アンブロージが白い大地と黒い空の間に座ってみていると、父親は飛ぶような速さで雪原を遠くのほうまでいってはもどってきた。その後を犬たちが追っているのだった。

　マリユータは自分の猟場までやってくると、テントを張り、一服したあと、罠をいくつも背中に背負い、スキーをはいて出ていき、地形をみながら罠を仕掛けるのによさそうな場所をさがした。アンブロージはテントに残った。毛のふさふさした青い目の大きな犬が一匹、アンブロージの番をした。もし危害を加えようとするものが現れたら、子犬を守るときのように飛びかかり、幼くてか弱いアンブロージを守ってくれるだろう。

マリユータはひとりで、息子のことをあれこれ心配しながら、雪明かりのなか、獣の足跡や糞《ふん》をみて、罠を仕掛ける場所をさがした。それから急いで雪の上を飛ぶようにしてテントまでもどってくると、アンブロージは犬とにぎやかに遊んでいた。

マリユータは息子を抱きあげて揺すった。「ひとりのときは、静かにしてなくちゃだめだ。親鳥が巣からいないときのひな鳥みたいにな。うるさくしていると、狼がくるかもしれない。それどころか、熊がやってくるかもしれない。のんきな老犬一匹じゃ、とてもおまえを熊から守ってやることはできない。白クマは怖いものなしだ。犬も、おまえも、とうさんも、皇帝も、皇帝の軍隊も平気だ！　おまえなんか食われてしまうぞ！」

暖かいテントのたき火の光のなかで、マリユータはアンブロージに、においの強い濃いお茶にトナカイのミルクで作ったバターを入れて二杯飲ませた。これだけ飲めば、体が芯から温まる。「万が一、父さんがいないときに熊がきたら、じっとしてるんだぞ。ぴくりとも動くんじゃない。音も立てるな。逃げてもだめだ。熊はおまえより足が速いからな！　だから黙ってじっとしてるんだ。そうすれば、こいつは死んでると思って、いってしまうかもしれない」

マリユータは狼を仕留めにいくときは弓矢は持たず、先端に鉄の筒《つつ》をはめた長い杖と、ごついナイフを持って出かけた。何キロも何キロも、凍りつきそうな薄明かりのなかを、右足のスキーに体重を乗せ長い杖をうまく使って、左足のスキーで雪を蹴っていきながら、狼の跡《あと》を追っていく。

　マリユータの追っている狼の群れは散ってしまうが、一頭仕留めれば十分だ。毛並みの美しい、若くて元気な狼がいい。狼は強靭《きょうじん》な脚と肺にまかせて、黒い空の下、凍てついた雪の上を走って逃げるが、その後をマリユータが追いかけていく。

　狼は疲れてくると、くるりと向きを変え、追ってくる敵に戦いを挑《いど》む。しかし、マリユータの歯は狼の歯ほど鋭くない。

　スキーで横を滑りながら、狼の背を鉄の筒をはめた杖でなぐりつける。うまく当たれば、狼は背骨が折れて、雪の上に倒れ、痙攣《けいれん》して動けなくなる。そうなれば、マリユータはナイフでとどめを刺す。

　そして皮を剝《は》ぎ、血まみれの死体は紐でしばって背中にくくりつける。ときどき、スキーで帰っていく途中、生きている狼たちが死んだ狼を悼む歌がきこえることがある。群れの狼が全員で、死んだ仲間を死者の世界《ゴーストワールド》に送る死者の歌《ゴーストソング》をうたうのだ。するとマリユータも狼たちといっしょに、死んだ狼を悼む。あの狼たちも、自分が妻をなくしたときと同じ悲しみを味わっているのがわかるからだ。「おまえたちも生きるために獲物を殺すだろう」マリユータは歌っている狼たちに呼びかける。「おれも同じだ。おれは皇帝につかえている。おまえたちの毛皮を持っていかないと、殺されてしまうんだ」

　マリユータがいってしまうと、アンブロージは怖がらないでいることを覚えなくてはならなかった。日の出もなければ日の入りもなく、父親が出ていって何日たったかもわからず、すぐにもどってくるのかどうかもわからない。外はいつも暗かった。

　アンブロージは、父親がきっともどってくると信じることを覚えなくてはならなかった。ずいぶん時間がたったように思えても、どんなにさびしくて怖くなっても、父さんはきっともどってくる。おなかが空《す》けば、干したトナカイの肉や魚を置いてある場所はわかっていたので、出してきて食べ、青い目の犬にもわけてやった。

退屈するとスキーをはいて練習したり、弓矢の練習をしたりした。雪の上を走ったり跳《と》んだりしたり、追いかけてくる犬と組み合ったり、雪玉を投げて犬に追わせたりした。

そのうち犬がうなって、雪の上で小さくなるのをみて、マリュータの忠告《ちゅうこく》を思い出した。そしてあたりを見回すと、星の散らばる黒い空に浮かぶ、星のない灰色の影がぼんやりとみえた。熊だ。白クマが近づいてきて、アンブロージと犬をみた。

小さくなっている犬のそばで、アンブロージは雪にもぐった。心臓の鼓動《こどう》がどんどん速くなる。父親にいわれたことをひとつひとつ思い出した。熊は好奇心《こうきしん》が強く、力が強く、いつも腹を空かせていて、動きが速い。犬がまたうなった。アンブロージは犬を引きよせて、口をふさいだ。アンブロージは熊から目を離さなかった。もし食われるのなら、それまで熊をしっかりみておこうと思ったのだ。

熊はおとなしく座って、アンブロージをみた。頭を振ることも、体を揺らすこともなかった。熊は怒るとそうするものだと父親からいわれていた。寒いなかで長いこと、熊は座っていたが、そのうち片手を頭にやった。まるで手を振ろうとしているようだ。しかし、そうではなく、頭を後ろに押しやった。熊の頭の下からもうひとつの頭が現れた。人間の頭だ。髪を伸ばし、あごひげを生やしている。熊の毛皮が半分に分かれて、コートのように前が開いた。男が雪の上に座っていた。チュニックとズボンに、ブーツとミトンという格好だ。

アンブロージは目をこらした。目の前にいるのがなんなのかよくわからなかったのだ。雪のせいで、霧のような光が闇を揺らし物の形がゆがんでみえる。アンブロージは目をこらして確信した。これは熊だ。ところが顔を——ほんの少しだけ——動かしてみると、男にみえる。

その男は体を動かしてコートの片側を後ろに押しやると、背中にくくりつけてある丸いものの縁がみえた。男はにやっと笑ったようにみえたが、暗いなかではっきりみえない。それから背中にくくりつけてあるものを軽くたたいた。冷たく広がる闇のなかで音が響いた。太鼓の音だ！　男は立ち上がり、人差し指を唇に当てた。それからまたコートを着ると、熊の頭を自分の頭にのせた。すると一頭の白クマになった。まちがいなく、後ろ足で立っている白クマだ。白クマは前足を下につくと、雪に煙《けぶ》る平原を去っていった。

ずいぶんたってからようやくマリュータが狼の毛皮を持って帰ってきた。アンブロージは熊のことは話さなかった。熊の毛皮を着た男に、何もいってはならないといわれたし、騒いで熊を呼び寄せたことがわかったら父親にしかられるかもしれないと思ったからだ。

マリュータはアンブロージを連れていくこともよくあったが、それは仕掛けた罠をみにいくときだった。マリュータは息子に、上手にスキーで滑れるようになってほしかったし、罠の仕掛け方や獲物の皮の剝《は》ぎ方も覚えてほしいと思っていた。テントにもどってくると、アンブロージは寒いなかを動き回ったせいでぐったり疲れていた。

そして深い眠りに落ちた。小石が波の下の深い水底《みなぞこ》まで落ちていくように。熊の夢はみなかった。

冬が終わる頃になると、アンブロージは祖母の村に帰れると思った。ところが、マリュータは街にいった。そこは恐ろしい場所だった。それから知らない人ばかりの村にいった。そして皇帝の命令で狩りをしていることを話して宿《やど》を借り、部屋代は毛皮と交換でもらった食料で払った。

マリュータは夏の間もアンブロージにいろんなことを教えた。スキーの作り方と修理《しゅうり》の仕方《しかた》、弓と矢の作り方。橇《そり》や引き具の手入れや、トナカイの世話。冬、どんなものを持っていく必要があるかを覚え、それをどんなふうに橇《そり》に積むかを教えた。そして弓矢の練習、練習、練習。そのうえ宿屋の人に手伝いを頼まれたので、アンブロージが知らない人を相手に話をしたいと思っても、そんな時間はほとんどなかった。

また冬がめぐってきた。今回、マリュータはアンブロージをしっかり働かせた。スキーをはかせて、いっしょに連れていき、罠をみてまわった。寒いとか、疲れたとか弱音を吐かせなかった。罠を仕掛ける場所を選ばせて、うまくいくかどうかやらせてみた。

矢でクロテンを仕留めさせ、皮の剝《は》ぎ方、つまり母親が子どものぴったりした靴下を脱がせるように、クロテンの皮を血に濡れた肉から剝《は》がす方法を教えた。

クロテンを仕留めると必ず、マリュータは「頬は血のように赤く、肌は雪のように白く、髪はクロテンのように黒く」といって、血のついた指でアンブロージの鼻にさわった。

体を休めるときや、天気の悪いときはテントのなかにいて、たき火にどんどん木をくべていく。そのうち狭《せま》い空間が熱く、煙《けむ》くなってきて、犬たちも暑そうにし始めても、まだ木をくべてから、ふたりは着ている重いものをほとんど脱いでしまう。それから食事をして、マリュータが話を始める。

死んでしまったイェフロシニアのこと、狼狩りのこと、獰猛《どうもう》な獣、クズリのこと。クズリは怖いものなしで、何をしでかすかわからず、なんでも食べる。

「とにかく貪欲《どんよく》で自分の腹の大きさを知らない。トナカイが食いきれないということがわからないんだ。だから、餌《えさ》を食べているトナカイにこっそり近づいて喉元《のどもと》に食らいついて倒すと、食って、食って、食いまくる。そして食い過ぎて死んでしまう。だがときどき、大きな腹を引きずって、寄りそって生えている木の前までいくことがある。二本の木の間にむりやり入っていって、腹の中身をしぼりだしてしまうんだ！　それからまた獲物をさがしにでかける。またトナカイをねらうこともあれば――熊をねらうこともある」

「熊をねらうの？」アンブロージは、あの白クマを思い出した。近づいてきてこっちをみつめて、人間の姿に変わった、あの白クマを。

「クズリってやつはとことんばかだから、恐れを知らない。食うことしか考えないんだ。熊なんかにかなうはずがないということさえわからない。だから熊をみつけると追いかける。ウサギを追いかけるオオヤマネコみたいなつもりでな。そして飛びかかる！」

「どうなるの」

「熊の一撃をくらって、食われてしまう。熊を倒そうなどと思うのは、愚かなクズリと人間くらいのものだ」

　マリユータはビーバーの話もした。ビーバーは賢い動物だが、ハコヤナギの樹皮が大好きで、ちらりとでもそれを目にするとクズリと同じくらいばかになって、どんな罠にでも飛びこんでしまう。「だが、ビーバーは人間の男女に似たところがあって」と死んだ妻のことを思いながら続ける。「恋に落ちて結婚すると、死ぬまでいっしょにいるんだ。どちらかが死ぬと、もう一方はやせてやつれて死んでしまう。もし罠にかかると、相手を呼んだり、子どもを呼んだりするんだ。すると家族がやってきて、罠を食いちぎったり、罠をこじ開けたりする。あとで猟師がやってくると、罠が空っぽだったり、壊《こわ》されていたりするわけだ！　だが、いったいだれがビーバーを責められる？」マリユータはそういって、アンブロージをきつく抱きしめた。トナカイの皮を張ったテントのなかは暖かいのだが。「もしおまえが罠にかかったら、父さんはなんだってする。この歯で壁を食い破って、この頭で突《つ》き崩《くず》して、この体を橋にして、はしごにして、ボートにして、橇《そり》にして助けてやる。絶対にな。だから父さんはいつもうれしくなるんだ――これはおまえと父さんだけの秘密だぞ、だれにも知られたくないからな――ビーバーの罠が空っぽなのをみるとな」

　ときどきマリユータが話すかわりに、アンブロージが話をすることがあった。それは古い話だった。祖母からきかされたことがあったが、アンブロージの語りにつられて、マリユータは思わず聞き入ってしまった。話に引きこまれながらも、恐ろしいような気持ちになった。

　アンブロージはマリユータが知らないような話をすることもあった。長く、こみ入った話で、マリユータが聞き終えても、それがどんな話だったのか覚えていないくらいだった。ところがアンブロージは話が切り替わるところもすべてきちんと覚えているし、言葉のひとつひとつに迷いがなく自信にあふれていた。マリユータは、ついその言葉のなかに引きずりこまれそうになって、首を振り、幼い息子のおしゃべりをきいている父親なんだぞと自分にいいきかせた。

　話の多くには歌がさしはさまれることがあった。アンブロージは力強い澄んだ声で、まったく音をはずすことなく歌った。犬までがぴったりくっついてきて、大きな頭をマリユータの膝に乗せて、青い目でじっとマリュータの顔をみつめるのだった。

　いったいアンブロージはだれからこんな音楽や言葉の才能を受けついだのだろう。マリュータにそんな才能はなかったし、イェフロシニアにもなかった。自分の息子が自分とこんなに違うと思うと、マリュータは怖くなると同時に、がっかりした。

　アンブロージが歌か話を始めると、あわてて自分の歌か話を始めることもよくあった。そうでもしないと、アンブロージの言葉の魔法にかかってしまい、自分が父親で年長者で、きかせるのは自分で、きくのはアンブロージだということを忘れてしまうのだ。マリュータはときどき、そんな自分が恥《は》ずかしくなったが、アンブロージの話をきくと不安でたまらなくなるのだ。恐ろしい気持ちになるよりは恥ずかしい気持ちになるほうがましだった。


　この木のまわりを歩いているとき（と猫は語る）、この木が黄緑色の葉の厚い屋根になって、日差しや雨から守ってくれる。この木は花を咲かせ、実を結ぶ。まわりに黄色の葉を厚く積もらせる頃になると、上から雨が降ってくる。ドングリも落ちてくる。そして一年分、木は太くなる。

　この木が年を取るように、アンブロージも一年一年成長し、たくましくなっていった。そしてある年のこと、マリュータはアンブロージを連れて雪原のなかに出かけていったとき、こう思った。新しい年の始まりだ、新しい目でまわりをみよう。ふと息子をみると、自分と同じくらいの背丈になっていた。

　アンブロージは背が高く、髪もまつげも眉毛もクロテンの毛皮のように黒い。闇のなかで肌は白く、その顔は皮膚《ひふ》の下を流れる赤い血で輝いていた。父親と同じくらい背が高くたくましく、そして美しかった。

あのとき、死んだクロテンにかけて望んだことを、いったいだれがきいていたのだろう。マリュータはそう考えて、身震《みぶる》いした。なんで自分は、あんな願いをかなえてもらったのだろう。

しかし、そのときマリュータにははっきりわかった。祖母がいった通りだ。アンブロージはイェフロシニアにも自分にもまったく似ていない。

アンブロージにはもう、弱音を吐くななどという必要はなかった。スキーをはかせれば、マリュータよりも速く滑るし、体は熱く燃えて、寒さなどまったく感じないかのようだった。毛皮をそこなわないように先を丸くした矢でクロテンを仕留めることもできた。狐が罠につかまっていれば、かまれることなく、一瞬でとどめを刺し、次の瞬間には皮を剥《は》いでいた。しかし、その冬の旅の途中、アンブロージは父親にいった。「料理をするときは気をつけたほうがいいよ。熊が後をついてきている」

アンブロージは疲れてもぐっすり眠れなくなった。またあの夢が始まったのだ。

第四章
狼になった者たち

暗い日々の続く冬の間も、明るい日々の続く夏の間も、猫はカシの木のまわりを回りながら、金の鎖の輪をひとつ、またひとつと木に巻きつけていく。

クズマによって狼に変えられてしまった人々のことを覚えているだろうか（と猫はたずねる）。

これから、その人々がどうなったか話すとしよう。

魔法使いがいってしまうと、人間だった狼たちは野営地にもどった。そこには子どもの狼たちがくんくん鳴いていて、テントは燃えていた。飼われていた犬たちは狼をみると驚いて吠えた。吠えられた狼たちは逃げていった。しかし、何度ももどってくるたびにうちようやく、いまの自分たちに使えるものは何もないことに気がついた。前足はあっても手がない。テントも橇《そり》も、道具も服も何ひとつ使えるものがないのだ。
〈白いトナカイ〉だった狼は子どもを一匹くわえると、雪のなかを走って、凍《こご》え死《じ》にしそうな風から守ってくれる場所をさがした。ほかの雌《めす》の狼や、何頭かの雄《おす》の狼も子どもをくわえてその後を追いかけた。それ以外の狼たちは、かみついてくる犬たちを追い払ったり、まだ連れていかれていない子どもたちを守ったりした。

白いトナカイは岩がむきだしになっている場所をみつけた。風で雪が吹き飛ばされている。あちこちに割れ目があって、雪や風を避けて暖かくいられそうだ。しかし、狼は一度に一匹しか子どもを運《はこ》んでこられない。狼たちがほかの子を連れにもどってみると、子どもたちを守っていた狼たちが悲しそうに吠えていた。オオヤマネコを追い払うことができず、さらに凍りつくような風から守ってやることもできず、残っていた子どもたちはみんな死んでしまったのだ。

狼たちは黙って雪原を渡り、岩場《いわば》までもどると、前に運んでいった子どもや、その番をしていた狼たちが待っていた。待っていた狼たちは岩場から出てくると、やってくるはずだった子どものにおいをかごうと鼻をくんくん鳴らした。

もどってきた狼たちは何があったか説明しようにも言葉が話せない。しかし、白いトナカイだった狼が顔を上げて悲しそうに吠えた。それをみて、待っていた狼たちも残してきた子どもたちの死をさとった。次々にほかの狼も顔を上げて、悲しそうに吠えた。凍えるように冷たい吠え声が闇のなかに立ちのぼり、吠え声と吠え声がからみあって、黒い空を引きずり下ろし、凍てつく大地に釘付《くぎづ》けにしてしまいそうにみえた。

〈狐にかまれた子〉だった狼ははっと息をのみ、悲しみの歌をやめた。一頭の狼が走ってきて口を開け、かみつくふりをしたのだ。それからまた飛びかかった。ほかの狼も走ってきて、それに加わり、狐にかまれた子の耳にかみついた。狐は反撃《はんげき》しようとはしなかった。身を低くして、尻尾をたらし、群れから逃げていった。そしてだれも追いかけてこなくなると、雪の上に身を伏せて、前足の上に鼻をのせた。

魔法使いにナイフを向け、そのせいで呪いをかけられてしまった。追い出されて当然《とうぜん》だ。子どもたちが死んだのも自分のせいだ。自分のせいでみんなが失ったものを考えると、うしろめたさと、恥ずかしさと、悲しみで体がはち切れそうだ。それを吠えて吐きだしたかったが、仲間はいっしょに歌うことを許してくれない。狐はひとり、悲しげに鼻を鳴らすしかなかった。

その晩、狼たちは岩場の割れ目に入って、子どもたちとくっついて暖かくして眠った。

二頭が外で、体をぴったりくっつけて見張りをした。

狐にかまれた子だけがひとりで、遠く離れたところにいた。冷たい風に毛が立ってなびいている。しかし、まもなく二頭の狼が岩場を離れて、狐のいるところにやってきた。二頭は狐の顔や耳をなめ、両側にくっついて体を伏せた。父親の〈骨の鉤〉と、母親の白いトナカイだ。

狼に姿を変えられた人々にとって、その冬は厳しい冬だった。食べなくてはならないものの、狼になって狩りをしたことはなかった。追いかけて、食料にしていたトナカイは逃げてしまうし、そばに寄れば、蹴飛ばされてしまう。小さい獲物はなかなかみつけられないし、捕《つか》まえるのはもっと大変だ。罠の代わりになるのは牙しかないのだから。寒さと飢えで、また子どもが死んでいった。本来、狼の子どもは真冬に生まれたりはしない。ここがクズマのかけた呪いの恐ろしいところだ。

だれもが、死んだ子どもたちの魂に、無事に死者の世界《ゴーストワールド》にいく道を教えるための死者の歌《ゴーストソング》を歌おうとした。だが、喉から出てくるのは狼の死者の歌だった。それは死んだ子どもを悼む歌なのか、それとも死んだ狼の子を悼む歌なのか。

狐にかまれた子は仲間から遠く離れたところにいて、いっしょに歌うことを禁じられ、ふくらんでいくばかりの悲しみを吐き出せなくて震えていた。狼は涙を流すことができない。

大人の狼もやせて、弱って、病気になる者もいれば、倒れて死んでいく者もいた。だれもが全身をかきむしられるような痛みを覚えた。大好きな仲間が苦しむのをみながら、なぐさめることも、助けることもできない痛み。生き残った狼たちは、人間だったころに住んでいた野営地にもどった。まだそこにいた、腹を空かせた犬たちと戦い、テントや橇《そり》のおおいに使っていたトナカイの毛皮を食べ、干した魚や肉を引っぱりだしてきて食べた。狐にかまれた子は群れの端のほうで小さくなっていたが、ときどき走っていって、ひと口、またひと口と食べ物をあさった。

狐が近づくと、ほとんどの狼がかみついてきて、追い払おうとした。ひもじさや、みじめさに襲われるたびに、狐のしたことを思い出し、とても許す気にはなれなかった。

しかし、変わらないものはない。こんなに長い、北の地方の冬さえ、やがて春に変わっていく。長い夜に日が差してくる。はじめのうちは、ぼんやりとした日差しが数時間さしたかと思うとすぐに、あたりはふたたび日がかげり夜の闇に閉ざされる。しかし、その数時間の弱い光のなかでさえ、岩場の上にいる見張りの狼の姿が揺らいでいるのがわかる。狼か、それとも人間か。あそこに座っているのは何者なのだ？

日が長くなり、雪が解け、小川の水が増えて勢いを増してくると、狼たちは数時間、人間にもどるようになった。まわりの顔をみて、それが人間の顔にみえたとき、おたがいに名前を呼び合って話し始めた。そして話しながら、もとの野営地に急ぎ、置き去りになっていた橇《そり》やテントの残骸をあさって、着るものをさがし、岩場に持って帰って隠して、夜がなくなる日々に備《そな》えた。

　そのうち夏になった。太陽がのぼると、真夜中になっても沈まず、空は陽光で白いままだった。生き残った人々はとても少なかったので、着るものは野営地から持ってきたぶんで十分間に合った。人々は抱き合った、そして相手の背中をなでて、顔にふれて、相手の長くまっすぐ伸びた脚をみて喜んだ。人の姿がこれほど美しく思えたことはなかった。

　もとの野営地に集まってみると、犬はもういなくなっていた。人々はこれからどうするか相談することにしたのだが、それよりも、これまで何があったかを語るほうが先だった。狼だったときどんなことが起こったかをすべて思い出し、それを人の言葉で語った。そしてまた思い出して、古い話を語ってみた。ありがたいことに、忘れていなかった。人々がそんなことをしている間、狐にかまれた子は離れたところに座って、みんなが舌に言葉をのせて語るのをききながら――とてもつらかったが――黙っていた。人々の険《けわ》しい顔がはっきりと告げていた。おまえは、狼の姿だろうが人間の姿だろうが、仲間ではない、と。

「追いかけていたトナカイをさがそう」何人かがいった。

「あの山脈にいけば、みつかるはずだ」

「もうすぐ子どもが生まれるんだけど」女がいった。「生まれてくる子は人間の子なのか、狼の子なのか。怖くてしょうがないの」そういうと、隣にいた女がその女を抱きしめたが、どう答えていいかわからなかった。

「どちらかはわからないけど、夏に生まれれば、食べるものはあるわよ」白いトナカイがいった。「もし、あのトナカイの群れがみつかればだけど」

骨の鉤がいった。「使っていた道具はこわれたり、なくなったりしてしまった。新しい道具を作って、橇《そり》を修理しなくてはならない。それに、頼りになる犬がいない」

狐にかまれた子は離れたところから小声で父親に声をかけた。ほかの人がきく耳を持たないのはわかっていた。「父さん、トナカイをさがしにいってもむだだよ。それに、犬や道具を手に入れても、冬がきて暗くなったら、またあの山の上にいかなくちゃいけない。狼になっちゃうんだから。そうなったら、山から下りてこられなくなる。トナカイは逃げていっちゃうよ。それに、どうやって赤ん坊を運ぶの？　橇《そり》を走らせることもできなくなるんだから」

骨の鉤はうなずいた。しかし、その声がきこえた人々はかっとなって、何人かはこわれた道具を投げつけた。「あいつのせいであたしたちはこんな目にあってるんだ」女が叫んだ。「だれか、黙らせて！」

「追いだしてしまえ」だれかがいった。

「そうだ」ほかのだれかがいった。「あいつはいつも口達者《くちだっしゃ》で、おれたちをいいくるめて、自分の思うようにしてしまう。だが、あの魔法使いがきたとき、その口はどこにいってたんだ？」

狐にかまれた子は地面にあぐらをかいて座っていたが、うなだれて何もいわない。

骨の鉤はいった。「みんな、あの魔法使いがやってきたときのことを思い出してみてほしい。いったいどんなふうだったか、いったいどんなことをいったか――」

「そうだ、よく覚えている」男が怒鳴《どな》った。「だが問題は何をしたかだ。あいつは魔法使いにナイフを突きつけた」

「それは、ほかの子どもたちを助けようと思ってしたことだ！」骨の鉤はいった。「そして必死に、なんとか魔法使いを説得しようとした。あのとき魔法使いがなんと答えたか覚えていないのか。結局、何をしてもむだだったんだ。だから、息子をここから追い出すつもりはない。あの子といっしょにいるのがいやな者は出ていけばいい。そしてほかの人々と暮らしてみればいい。冬がきて狼になったとき、いったいどんな目にあうと思う？」

　これをきいて人々は腹を立てて、狐にひどい言葉を投げつけた。ひとりの男が声を張りあげた。「骨の鉤、もしおまえがあいつの父親でなかったら、おれたちと同じように考えたはずだ。もしあいつがほかの男の息子だったら、おまえはまっさきに、あいつに出ていけといったはずだ」

　狐にかまれた子は父親と母親のそばにいった。「父さん、南にいくのがいいと思う。あそこではみんな家に住んでいて、畑でライ麦を育てている。あそこにいけば、狩りをしながら、そこの人たちの手伝いをして――」

「畑仕事をしろというのか」〈木の葉〉が怒鳴った。「冬の間ずっと暖炉の前に座っている連中《れんちゅう》に指図《さしず》されて、駆けずりまわって働けというのか？」

「ほかにいい考えがあるならいってみればいい」骨の鉤がいうと、多くの人々が、いままで追ってきたトナカイをさがすほうがいいと答えた。

　ふたたび話し合いが始まった。「トナカイはいま遠いところにいる。それに、トナカイをさがそうにも、犬がいない。冬がくればおれたちはまた狼になる。そうなるまえに、いろいろ準備をしておかなくてはならないだろう」という者もいた。

「でも、南の村にいって、冬、狼の姿になったらどうなるの？」女がたずねた。「追われて殺されてしまうんじゃない？」

このやりとりの間、狐にかまれた子は何もいわず、もとの野営地を歩き回って、いろんなものを拾って皮袋に入れた。熊や、もと人間だった狼が見逃《みのが》した干し魚や肉が橇《そり》に残っていた。骨の針や、動物の腱《けん》で作った糸や、ナイフも袋に入れた。

「少なくとも、南にいけば牛も、ヤギも、ニワトリもいる」だれかがいった。

「それに、弓矢も槍《やり》もある！」まただれかがいった。

骨の鉤は息子が使えるものを拾《ひろ》って旅の準備をしているのをみると、そばにいってたずねた。「どこへいくつもりだ」

「ぼくたちに呪いをかけた魔法使いをさがしにいきます。そして呪いを解くよう頼みます」狐にかまれた子はそう答えると、落ちていたベルトを拾おうとかがんだ。

骨の鉤は息子の両腕をつかんで起こした。「さがしたって、みつかるものか。魔法使いは、みつけてほしいと思ったときやってくるものだ。それ以外のときは会えない。いっしょにいろ。ずいぶんたくさんの仲間が冬のあいだに死んでしまった。ひとりでも助けになる者がほしい。われわれがどうすることになってもな」

「たくさんの人が死んだのはぼくのせいです。みんなはぼくを追い払いたがっています。だから、出ていきます」

「あの魔法使いは最初ここにやってきたときから、われわれに悪意《あくい》を持っていたんだ。おまえが何をいおうが、何をしようが、同じ結果になったはずだ」

「そんなことはありません。ぼくが黙って、父さんにまかせておけばよかったんです。ぼくが残ったら、みんなはいつまでも不機嫌《ふきげん》で、口げんかばかりすることになります」

　骨の鉤はその通りだと思った。「そうか、しかたない。ただ、いくなら兄さんたちといっしょにいけ。ひとりでは心配だ」

「兄さんたちには家族がいます――生き残った家族が」狐はいった。ふたりの兄は、その冬、狼の姿になったとき子どもを亡くしたのだ。「父さん、ぼくはたしかに魔法使いを怒らせてしまいましたが、ばかじゃありません。だから安心してください。そして出ていくのがいちばんいいんです。もし魔法使いをみつけることができたら、何かいいことが起こるかもしれません」

　骨の鉤は、そんなことはないとはいえなかった。狐にかまれた子に腕を回して思い切り抱きしめた。生きている目の前のこの息子を亡くす悲しみをすでに感じているかのようだった。「次の夏、ふたたびこの姿になれたら、そして生きていたら、みんなでまたここにくる。できれば、おまえもきてくれ」

「はい」狐は答えると、皮袋を持って歩き去った。人々はその後ろ姿を見送った。何人かが、だれか呼びもどさないのかという顔で、ほかの人をみた。だがほかの人たちは腰に手をあてていった。「やれやれ、ようやくやっかい者がいなくなった」

　そのくせ毎日、この世界でひとりきりで生きていくことがどれほど危険か、考えずにはいられなかった。そしてその若者――いや、少年というべきかもしれない――その少年はとてもたくましく賢いが、母親やおばや姉妹、父親や兄弟やおじの助力《じょりょく》や助言《じょげん》なしで生きていくことがどんなに大変か知らないのだ。

狐にかまれた子がいってしまい、しばらくすると人々は、あの子は二度ともどってこないだろうと思った。そして、あの子がいまわしい呪いを呼び寄せたのだ、いなくなってよかったと自分たちに言い聞かせるのだった。

骨の鉤と白いトナカイと、狐の兄弟姉妹は、狐がいってしまったことについては何もいわなかった。

狐にかまれた子はどこにいったのだろう。狐は草の生《お》い茂《しげ》る平原を越え、北の森を抜け、魔法使いをさがした。そして弓矢を作り、魚や鳥やウサギを仕留めた。どこまでも広い大地をながめて、脚のついている家はないかと歩いて回ったが、どこにも見当たらなかった。魔法使いは、本人がみつけてほしいと思わない限り、みつからないものなのだ。

短い夏は駆け足で去っていく。狐にかまれた子はゆっくり小さな村々を回り、魔法使いや呪術師《じゅじゅつし》のことをたずねた。どこにいってもいやな顔をされた。ごつい顔と細い目、しゃべり方や服装《ふくそう》をみれば、トナカイを追って生活している人々だということがすぐにわかる。村人たちはトナカイを追う人々が好きではなかった。玄関や窓から狐にかまれた子をみるだけで、近づこうとしなかった。きたならしいと思ったし、怖いとも思ったからだ。いろんな魔法を知っていて、自分たちの家に悪運《あくうん》をもたらすのではないかと思ったのだ。自分たちの言葉をうまくしゃべれないのをみて、頭が悪いのだろうと思った。そしてドアを閉ざして、こういった。「悪いけど、どこかよそにいってくれ」

そこで狐は畑を耕《たがや》して暮らしている人々の村を避けて、山のなかに入っていった。そこなら自分たちと同じ人たちに会えると思ったのだ。

森のなかに、小さな木の家の村があった。高い柱の上に倉庫が建っているのをみて、トナカイを狩って暮らしている人たちの村だとわかった。ここの人たちは、狐たちとは違って、家族といっしょに持ち物をすべて持ってトナカイを追って回るのではないが、歓迎してくれそうな雰囲気《ふんいき》があった。

そして歓迎された。言葉も、顔も、着ているものも、すべてがトナカイを追う人々の仲間だということを表していたからだ。それまでの村で嫌われたのと同じ理由で歓迎されたのだった。最初に訪れた家では、泊まっていけといわれ、ほかの家の人たちも会いにやってきた。狐は自分の家族のことを話し、ここの人たちの家族の話に耳を傾けた。しかし、なぜひとりで旅をしているのかたずねられると、この世界でさがしているものがあるんですと答えるだけで、クズマの呪いのことはひと言も話さなかった。

狐は何日か山の人々とともに暮らし、ごちそうになったぶんは働いて返し、その間もまわりをしっかり観察していた。そのうち女が老人に、うちの子が食欲《しょくよく》がないので薬を作ってもらえないかと話しかけるのを耳にした。そこで狐にかまれた子は老人の家にいってたずねた。「あなたは魔法使いなんですか」

老人は狐にかまれた子の腕に手を置いていった。「そうだ。だが、今度からはそんなぶしつけなききかたをしないようにな。知らないのか、キリスト教徒に知られると、魔法使いは焼き殺されるんだぞ。だから、そういうときは、こうたずねるんだ。『あなたは賢者《けんじゃ》のひとりですか』とか『いにしえの方法に通じているんですか』とかな」

「申し訳ありません、おじいさん。ぼくの一族はほかの人たちから遠く離れたところで暮らしているので、古いものを新しい言葉で呼ぶ必要がないんです。おじいさん、もしあなたが賢者のひとりなら、ぜひ教えてほしいことがあるんです」

「教えられることなら、なんでも教えてやろう」

「魔法使いをみつけるにはどうすればいいんですか、おじいさん」

「それは難《むずか》しい。それに危険だ」老人はそういって、狐にかまれた子の顔をじっとみた。狐は目をそらした。「わしは魔法使いで、病気も治せるし、三つの魔法も多少は知っている。夢で、死者の世界《ゴーストワールド》の門をみたこともある。まあ、入っていく勇気はなかったが。だが、わしなら魔法使いをさがそうなどとは思わないだろうな。放っておくにかぎる」

「けど、みつけなくちゃいけないんです、おじいさん。そして願いをききとどけてもらわないといけないんです」

「どうしてまた？」老人はたずねたが、狐にかまれた子はうつむくばかりで何も答えなかった。というのも、ここにいる人たちは自分と同じ猟師で、自分のことを仲間だと思ってくれているのはわかっていたものの、白夜が終わり日が暮れるようになると、自分がどんな姿になるか話すのが怖かったのだ。そのとたん、仲間が敵に変わって殺そうとするかもしれない。クズマの呪いをどう話せばいいか考えれば考えるほど、言葉が出なくなってしまうのだった。そして「どうしても、どうしても、さがさなくちゃいけないんです、おじいさん」としかいえなかった。

　老人はまた狐にかまれた子の腕に手を置いたが、今度はぎゅっと握《にぎ》った。「魔法使いは自分がその気にならない限り、姿を現さない。そして、こっちが近づく前に、こっちをみつけ、ききつけ、かぎつける。そしてほかの世界に逃げることもできる。魔法使いのことは忘れなさい。何を頼むつもりかは知らないが、忘れたほうがいい。家族のところに帰って、そこで幸せに暮らしなさい」

　狐にかまれた子は、ぼくの仲間にはもう幸せな暮らしはないんです、とはいえなかった。そして早々に、その村を立ち去った。

　この森のなかの村に住む仲間の人たちからも役に立つ助言はもらえなかったので、狐は南の町にいってみた。数え切れないほどたくさんの家がたち並んでいる。父親のテントのなかくらい人がくっついて暮らしているが、楽しそうでもなければ、仲がよさそうでもない。着ているものや、吐く息や、ごみのにおいがむんむんしていて、そのうえ、騒々しくて、けたたましくて、耳が痛くなる。そしてどちらを向いても壁、壁、壁だ。

　とても町には住めそうにないと思ったが、畑を耕して暮らす人々と違って、狐にかまれた子の言葉や顔や着ているものを気にする人はいない。町の人たちには「ラップ人」とか「ぼんくら」とか呼ばれたが、必ずしも悪意があるわけではなかった。そして金さえ持っていれば、追い払われることもなかった。いろんなところからよその人々がやってくるので、町の人たちはよそ者に慣れていた。かぶっている高い帽子をみて笑われたり、「おまえ、トナカイの子なんだろう」とからかわれたりしたが、狐は村の人たちよりこっちの人たちのほうが好きだったので、「母さんは白いトナカイなんだ」と答えた。

　狐は町で使い走りをしたり、町はずれに罠を仕掛けてウサギをつかまえたりして金をかせいだ。その金で安い食べ物を買い、安い宿に泊まって、クズマの呪いを解く鍵になりそうな話にはなんにでも金を払った。そしていつも夏の空をみては、冬はいつ始まるだろうと考えていた。

　狐は女の魔法使いからロウソクを一本買った。このロウソクに火をつければ、おまえにおおいかぶさって、おまえをおびやかしている悪いものを取りのぞいてくれるといわれたからだ。狐は何も食べずに一日過ごし、食事代でそのロウソクを買った。

それは緑で、火をつけると、古くなった羊の脂身を暖炉であぶったときのようなにおいがした。宿屋で同室になった連中は文句《もんく》をいって、咳《せ》きこんで、鼻を押さえたが、狐にかまれた子はロウソクが燃えつきるまで火を消さなかった。そしてこう考えた。このロウソクがぼくを助けてくれるかどうかは、冬になるまでわからない。そんなのはあてにならない。

そして次にみつけた魔法使いから、首にかけるお守《まも》りを買った。邪悪《じゃあく》な呪文から守ってくれるという。だが、それを首にかけたとき、狐はこう思った。もしこのお守りに効き目があったとしても、それは自分を守ってくれるだけで、ほかのみんなまで守ってはくれない。

そして次にみつけた魔法使いから、粉にした葉を買った。スプーンですくって鍋に入れて煮だしてみた。それを飲みほしてみたが、おいしくはなかった。狐は残りの粉をていねいに袋につめてポケットに入れ、今度みんなに会ったら、わけてあげることにした。葉っぱを煮出したお茶を飲んだものの、違いがわからず、これで呪いが解けるのかどうかもわからなかった。

まぶしい夏の空も次第に輝きを失って、短いぼんやりした夕闇に変わっていった。まだ夜と呼べるほどのものではなかった。が、夜は確実に近づいてきていた。

そんな夜がやってくるまえに、狐にかまれた子は、蠟《ろう》を塗《ぬ》った布の袋を買った。そして町から離れたところで野宿をして、待った。あたりが暗くなってくると、着ていたものを脱いで、それを袋に隠し、また、待った。

あのロウソクの煙が悪いものを取りのぞいてくれたかもしれない。首にかけたお守りが守ってくれるかもしれない。粉にした葉のお茶を飲んだから呪いは解けたかもしれない。そう思った。しかし、クズマの言葉は太陽とともに立ちのぼり、暗闇のなかで語りかけてきた。真の夜が始まって一時間のうちに、狐にかまれた子は狼になった。変わらないものはない。

日がのぼって、もとの姿にもどると、着るものをみつけて着て、また歩きだした。

南の地方にいるのは怖かったのだ。そこでは農夫たちが狼を狩る。遠くの、寒い北の地方へ逃げなくては。そこなら猟師は少ないし、そこにいる猟師は自分の仲間だ。

狐は昼間のあいだに、人間の姿で、歩けるだけ歩いた。頼んだり、金を払ったりして、馬車に乗せてもらうこともよくあった。しかし、必ず暗くなるまえにはひとりになるようにして、人目につかない場所をさがし、服を脱いで隠し、いつ狼に変身してもいいようにしておいた。さらに北へ旅を続けるにつれて、夜が長く濃くなっていき、昼が短く薄くなってきた。

もうすぐ、日の光がみられなくなるだろう。そのうち人の姿を失い、人の言葉も声もなくしてしまう。

北の地に近づき、人の姿でいる時間が短くなるにつれて、激しい怒りがこみあげてきた。自分のことを、仲間ではないからという理由で、ばかとか、きたならしいとかいった連中のことや、追い払って、泥棒《どろぼう》呼ばわりして、ちっとも協力してくれなかった連中のことが頭に浮かんできた。猟師仲間の村にいた魔法使いに、家族のもとにかえって幸せに暮らしたほうがいい、魔法使いをみつける方法はないんだといわれたことを思い出した。町の人々のことも思い出した。呪いを解いてくれるといってまったく効き目のないものを売りつけた連中、狐の服装や家族のことをあざ笑った連中。詐欺師《さぎし》や嘘《うそ》つきばかりだ。

そのうちに、通りかかった家でパンを買ったり、通りかかった人に声をかけられたりするたびに、怒りで胸が悪くなった。そういった連中のにおいが我慢できなかった。皮膚からにじみでる脂のにおいが鼻について、生唾《なまつば》がこみあげ、胃《い》がむかついてきた！　それから連中の吐く息。穀物《こくもつ》や野菜をくちゃくちゃかんで甘くなったにおいがいやでたまらない。それから甲高《かんだか》い声でうめくような言葉が耳障《みみざわ》りでしょうがない。あんな連中にさわられそうになるだけで、身震《みぶる》いしてしまう。次第に体のなかの狼が闇にすり寄っていくのがわかる。狐は民家や畑を避けるようになった。人をみると駆け寄って、うなって、かみつきたくなってしまう。会わないようにするのがいちばんだ。

雪が降り始め、夜がさらに長くなり、日が出ているのは二、三時間になってしまい、その時間さえ、夕暮れ時のようにうっすらと暗くなっていった。さらに何日かたつと、その薄明かりさえなくなってしまう。狐は蠟を塗った袋に衣類を入れ、狼に変わってしまうまえに埋め、目印をつけて、しっかり覚えた。朝がこなくなると、昼も夜もわからなくなり、ずっと狼でいることになるからだ。

ついに、長い夜がやってきた。狐にかまれた子はひとり、狼の姿で、冬が終わるまで過ごさなくてはならない。

語りやすいこともあれば（と猫はいう）、語りづらいこともある。その冬がどんなに長く、どんなに寒かったかを語っても、それをきく人やそれを読む人は、すさまじい寒さが体の深くまでしみこんで、指から血を押し出し、しぼり出して、手が青白くなってしまうようなことはないだろう。だから、そんなことはしない。話は一瞬で終わり、消えてしまう。

この話をきく人は、この話のなかに住んではいないのだから。だが、狐にかまれた子は闇のなかに住んでいる。闇のなかにだけ住んでいる。目ざめているときは視界が暗く、眠っているときは闇が夢のなかまで追ってくる。闇のなかに住んでいるうちに、いつまでも暗い空が背中にのしかかってくるような気がしてくる。月が丸くふくらんで闇を溶かすと、闇は雪明かりを映した霧に変わる。そのうち月がしぼむと、星明かりだけの世界が残る。月、また、月、そしてさらに闇と寒さが続いていく。

狐にかまれた子は温かさや光があったことを忘れた。ひとりきりで、なぐさめてくれる家族も群れもそばにいない。大きな獲物を仕留めることはできなかったので、雪ウサギやオコジョやライチョウを追いかけた。そしてしょっちゅう、仕留めた獲物を狼の群れに奪われた。そのあたりは狼の群れが支配していたのだ。しかし、狐はほかのところへ移ることはできなかった。人間の着るものを蠟を塗った袋に入れて埋めておいたからだ。春がきたら――遠い記憶にしかない春がきたら！　――その衣類が必要になる。春はまだ寒い。

長い冬の間ずっと、狐にかまれた子はひもじてくならなかった。落ち着いて休むこともなく、ほかの狼に襲われたり、獲物を奪われたりしないかと恐れていた。ときどき、ほかの狼たちが月にむかって自分たちがここにいることを宣言《せんげん》する声がきこえた。その声が下りてきて、雪におおわれた大地にこだまとなって響くと、狐も喉から叫び声がこみあげてきいつまでも喉を震わせた。その叫びにこめられていたのは、怒りと悲しみ、そして切望《せつぼう》と渇望《かつぼう》――ふたたび太陽がのぼって、この体を照らし、ほんの一時間でいいから、人間の姿を温めてほしいという願いだった。

しかし、変わらないものはない。このままいつまでも閉じこめられて出られない、いつまでも耐《た》えなくてはならないと思うこともあるだろうが、いずれ変化が訪れる——といっても、それが必ずしも待ち望んだ変化であるとは限らない。冬の夜が薄くなって夜明けになり、ようやく、一分、二分、三分と日が差すようになる。

狐にかまれた子は衣服を埋めた場所にいって、それを入れた袋を狼の爪で掘《ほ》り出《だ》した。そのうち一時間、自分の時間が持てるようになり、その時間が長くなっていった。狐はふたたび北へ向かった。明るいうちにできるだけ遠くまでいくようにして、狼の姿になると食べて寝た。

仲間に会えるところまでやってくると、すでに雪は解けていて、夏のまっ白な光が空を洗っていた。仲間はみんないっしょになって、約束通り、狐を待っていた。

いくつかテントもできていた。新たに作ったり、傷《いた》んだものを夏の間に修理して必要なときのために隠しておいたのだろう。

狐は、仲間たちが気づいてくれたのがわかった。だれもがテントから出て、たき火から離れて、歩いたり、走ったりして、こちらにやってくる。みんなが足早に近づいてくるのをみると、狐も、何をいわれるか恐ろしくてたまらなかったが、思わず駆けだしていた。仲間は狐をつかまえて、たくましい腕で抱きしめ、あとからやってきた仲間に渡した。だれもが狐にキスをした。男も女もキスをして、子どもを抱きあげて狐を抱かせ、キスをさせた。おじもおばも、いとこも、兄弟も姉妹も、血のつながっている親族も、義《ぎ》理《り》の親族もみんな。長い一年のあいだずっと、狐のことを考えていたのだ。ひとりきりで、遠く、自分たちの手の届かないところにいってしまった狐のことを。そして、この夏が終わって、もどってこなかったら、どうしようと気が気でなかった。なので、狐がもどってきてくれて、だれもがほっとして、うれしくてたまらなかった。

狐にかまれた子もうれしくてたまらず、声を上げて笑った。だれもが歓迎してくれて、だれもいやな顔をしない。狐は心からほっとした。親しい人たちのにおいに、キスするとき唇にふれる肌の感触に。かみつきたいなどとは決して思わなかった。仲間にかこまれていると、自分は人間だ、狼ではないと実感できた。

ただ、仲間のなかに、ひとつだけない顔があった。テントのあるほうにいけば、その顔がみえるかなと思いながら、「父さんは?」と母親にたずねた。白いトナカイは答えなかった。そこで、狐の腰に腕を回している姉にきいてみた。「父さんは?」すると姉は目をそらした。そこで狐は振り返って、後ろから肩に手をかけてくれているおじにたずねた。「骨の鉤は――どこにいるの?」

おじも目を伏せるだけだった。答えてもらえない問いをくり返すうちに、狐にかまれた子にも、その答えがうすうすわかってきた。

みんながひとつのテントに入って、たき火のまわりに集まると、狐の父親に何があったのかが明らかになった。

「去年の夏にね」白いトナカイが口を開いた。「何人か赤ちゃんが生まれたの。でも、冬になって、わたしたちは姿が変わったけど、赤ちゃんはそのままだった。わたしたちは狼になったけど、赤ちゃんは赤ちゃんのままだったの。わたしたちには何もできなかった。冬になると、狼の群れは遠くまでいって、狩りをするけれど、わたしたちはそんなわけにはいかなかった。赤ちゃんを置いていくわけにはいかないもの。だから、ここにとどまって、赤ちゃんには狼の乳《ちち》を飲ませた。でも、わたしたちには食べるものがなかった。狼の母親だって食べるものがなければ乳が出ない。そのとき、わたしたちは南のほうにいたの。まわりには羊やニワトリやヤギがいた。でもそれを手に入れるのは危険だった。そこの人々は罠も銃《じゅう》も持っていた。わたしたちがニワトリを奪うと、人々が追いかけてきた。そのうち人々は罠を仕掛けるようになったけど、わたしたちは罠ならみればわかる！　そのうち人々は待ち伏せをするようになったけど、それも簡単に見破《みやぶ》れた。物音がきこえるし、においもしたから。そのうち人々は馬に乗って、犬を連れて、追いかけてきた。わたしたちは散らばって、それぞれの方向に逃げた。そして犬や馬や人々は――」

　姉は肩をくっつけて、狐の手を握った。母親はもう片方の手を握った。「犬も馬も人も、父さんを追ったの」

「父さんは逃げたけど、あの年でしょ」白いトナカイがいった。「追いつかれて、どうすることもできず、犬にかみ殺された。ずたずたにされたの」

　狐にかまれた子はふたつの手に、姉と母親の手に、顔をうずめた。後ろから兄が手を伸ばして狐を抱きしめ、狐の背中に額を当てた。

　白いトナカイがいった。「人々は父さんの首を切り落として、狼の尻尾も、狼の手も切り落とした。そして笑いながら踊《おど》りながら、首や尻尾や手を振り回した」母親は泣きながら、布を引《ひ》き裂《さ》くような声をあげた。「あの人たちには、あれが骨の鉤だってわかってなかった。狼だと思っていたんだから」

　狐はふたつの手から顔を上げた。涙が顔を流れていた。「狼でなくても、殺してたよ――あいつらは――父さんがラップ人だからっていうだけで殺したはずだ！」

　ほかの人たちはなんのことかわからなかった。狐とちがって、町の人々にだまされたこともなかったし、ラップ人と呼ばれたこともなかったし、きたならしいとか、ばかとかいわれたこともなかったし、ラップ人だということだけで憎まれたこともなかったから。しかし、狐の悲しみはわかったので、かわいそうにと思って、狐を抱きしめ、背中をさすり、髪にさわり、いっしょに泣いた。狐は、父親に引き止められたことを思い出し、父親が、いちばん下の息子の生死も知らないまま死んだことを考えていた。

　白いトナカイが狐の髪をなで、手の甲で狐の顔の涙をぬぐってやった。「去年の夏に生まれた赤ん坊たちはみんな、冬の間に死んでしまったの」白いトナカイは消え入るような声でいった。これ以上悲しい知らせはもうほかにないといわんばかりの声で。「暖かくしてやれなかったし、ろくなものが食べられない母親は乳が出なかったから」

「あの魔法使いの呪いはこのうえなく残酷《ざんこく》なものだった」母の妹の〈小さな魚〉がいった。やつれて、とても具合が悪そうだ。なんで、あたしたちがそんなに憎かったんだろう」

　狐にかまれた子は顔を上げた。たき火の光を受けて涙が光った。「クズマ！」狐はいった。「クズマ、クズマ！　だれひとり、ぼくたちの助けになりそうな人はみつからなかった。だまそうとする人間ばかりだった。クズマのいるところまでいく方法はない……だけど、名前を知れば、力が得られる。もしあの魔法使いの名前を呼ぶことで、ここに呼び寄せられるなら、そうしたら――クズマ！　クズマ！　クズマ！　父さんの死をつぐなわせてやる！　クズマ！　赤ん坊の死をつぐなわせてやる！」

　仲間が次々に近づいてきて狐の手を、腕を握った。だれもが、狐はちょっと頭がおかしくなったんじゃないかと思っていたのだ。しかし、狐はやめない。人々は顔を見合わせた。あの熊の名前を呼べば、あの熊がやってくる……そのうち、テントのなかにいる人たち全員がクズマの名前を呼び始めた。リズムに合わせて体を揺らし、手をたたきながら声を張りあげた。「クズマ！　クズマ！　クズマ！」

「ぼくたちを狼に変えたことをつぐなわせてやる！」狐にかまれた子が大声で叫んだ。

「クズマ！　クズマ！」

「逃げていったトナカイをつぐなわせてやる！」

「クズマ！　クズマ！　クズマ！」

「おまえに、父さんの死をつぐなわせてやる！」

「クズマ！」


その声はあたりに響き渡り、人々が飼っている数頭のトナカイをおびえさせ、小鳥を飛びたたせ、ウサギの耳をぴくりと動かした。その声はさらに遠くまで響いた。その名は、あの魔法使いの唯一の本当の名前だった。どんなに遠くにいようと、世界をひとつかふたつ超えたところにいようと、その声は耳に届く。

クズマは耳を傾け、にやっと笑った。だれが呼びかけているのかはわかっている。なぜかもわかっていた。しかし、答えなかった。魔法使いは好きなときにやってきて、好きなときに去っていく。そして答えようと思わない限り、答えることはない。

第五章　アンブロージと熊

いま金の鎖の輪のなかにいて、眠りのなかで夢をみているのか（と猫はたずねる）、それとも起きてこの木のまわりをまわりながら、話を語って、歌っている夢をみているのか？

アンブロージの眠りは（と猫は語る）浅く、危険なものになった。アンブロージは夢をみている。

冬、長く暗い季節、アンブロージとマリュータは狩りをした。そして春になると街にいって皇帝の倉庫に毛皮を届け、夏は、狩りをする場所に近い村で過ごした。ただ、同じ村は避けた。アンブロージの祖父母から、出ていくようにといわれて以来、二年続けて同じ村にはいかないようにしていたのだ。

村での夏の仕事は麦《むぎ》刈《か》りだった。

夏は短く、近づいてくる冬は長く寒いので、麦は実ったらすぐに収《しゅう》穫《かく》しなくてはならない。雨が降ったらだいなしになってしまう。マリュータとアンブロージは麦刈りを手伝った。長い夏の一日、朝から晩までひたすら働いた。そしてぐったり疲れて眠ったが、あたりは明るいままだった。

ある村で、麦刈りをしていたある日のこと、アンブロージは麦を刈る手を止めて、腰を伸ばそうと体を起こしたかと思うと、歌い始めた。風はなく、アンブロージの澄んだ声は力強く麦畑《むぎばたけ》から立ちのぼる。少し息が苦しくなると、それがまたよけいに美しく響いた。

それをきいた人々はひとり残らず、仕事の手を止めた。そしてアンブロージの歌声に耳を傾け、節《せつ》から節へ移るときは、はっと息を飲んで、次の節はないのではないかと不安になった。しかし、そんなことはなかった。人々は身動きもしないで、手に道具を持ったまま、聞き入った。

さびしい谷間にいきたい
だれもいない谷間にいきたい
そこでは、かわいい小鳥が次々に声を変え
そのたびに、声が美しくなっていく。

いますぐ、遠く、遠くへいきたい
深い深い海の上へ
深い深い海を潜って
愛もやさしさも追ってこないところまで。

ゆっくりしたテンポの悲しげな歌を、アンブロージはゆったりと歌った。さびしい谷間に、遠くの深い海にいきたいと、心から願っているかのようだった。その歌をきいて、マリュータは恐ろしくなった。そのメロディーと声をきいて、息が止まりそうになったが、歌詞は胸を打った。

歌が終わって、まわりをみると、畑にいる人たちはみんな立ちつくし、遠くにいて歌声がきこえなかったと思った人々までがそうだった。どの顔にも驚きの表情が浮かんでいる。思いもよらないものをきかされたといわんばかりだ。そのうちみんな畑から立ち去り始めた。道具を手から落とし、刈り入れも途中のままだ。仲間や家族を残して、だれもがひとりきりで歩いていった。畑の隅に横になって顔を手でおおう者もいた。ひとりで森のなかに入っていった者もいれば、自分の家に帰って閉じこもった者もいた。だれもがひとりでいられる場所をさがした。その日、もう仕事をする者はいなかった。

村の長《おさ》がマリュータのところにやってきてたずねた。「あんたと、あんたの息子は、来年の夏もくるつもりかね」

「いえ」マリュータは、相手の考えていることがわかった。「来年はほかの村にいきます」

「よかった」村の長はいった。村の長は、村の仕事がちゃんと進むようにする責任《せきにん》がある。「よかった」

マリュータはアンブロージにいった。「ほかの人がいるところでは歌わないようにしろ。冬、わしらふたりだけのときにしか歌うんじゃないぞ」それからきつい言葉をやわらげようといった。「ほかの連中にはもったいない」

どの村でも、これ以上働けないというくらいみんなが疲れてしまうと、だれかの家の前に集まることがよくある。そして年寄りが、その家から出してきた長椅子や普通の椅子に座り、若い者たちは草の上や白い土埃の舞うなかに座ったり寝転んだりした。夏は、いつも寝づらいものだ。なにしろ夜も明るいのだ。

　みんなで食べ物や飲み物を回しておしゃべりをする。過去の収穫のときの話が出れば、それがほかのときの話につながり、やがて、昔、お祖父さんがこんなことをした、お祖母さんがあんなことをいったという古い話が出てきて、だれかがこんなふうに始める。「それをきいて、ひとつ思い出したんだが……」こうして昔話が始まる。

　しかし、アンブロージは自分の話を語ることはなく、ほかの人たちの語りに耳を傾けた。

　昔話は騒々《そうぞう》しくなることが多い。だれかが必死に話していると、だれかが文句をつける。「いや、そうじゃないだろう！　馬に変身したのはハツカネズミだ。ドブネズミじゃない！」

「ハツカネズミがどんな馬になるっていうんだ」語り手が言い返す。「ドブネズミだ、まちがいない」

　そもそもどんな話をするかについても意見が分かれることがある。ある者はこれがいいといい、ある者はあれがいいといい、また語り手は別の話がいいという。忘れっぽい語り手は、話が進むたびに聞き手に助けてもらわなくてはならない。しっかり覚えている者が話しているときでさえ、まったくきいていないで、こそzそ小声でほかの話をする者もいれば、語られている話の内容を子どもやききもらした人にひそひそ小声で説明する者もいる。

　ある年、ある村で、人々が短い話をいくつか聞き終えて、しんとなったとき、地面にあぐらをかいて座っていたアンブロージが口を開いた。

「この世界の果てには井戸があって、そのそばに鉄の木が一本立っている。鉄の木の葉が落ちると、井戸の赤い水のなかで錆びていく……」

アンブロージはひとりの女の子の話をした。その女の子は長い道を歩いていって、井戸にいきついた。すると井戸のなかからいくつも頭が出てきて、女の子に話をしてきかせた。

アンブロージがその話を始めて終えるまで、だれひとり口をはさまなかったし、だれひとり口をきかなかった。

アンブロージはほかの人たちと同じ言葉を使ったし、だれもがその話に――決して全部というわけではなかったものの――聞き覚えがあった。それなのに、食べ物にはハエがたかりっぱなしで、そばに置いたコップは倒れて飲み物がこぼれていたが、だれも気がつかなかった。

アンブロージの言葉が描く情景を味わおうと後ろにもたれて目を閉じる者もいれば、身を乗りだしてアンブロージの顔をみつめる者もいる。だれもが身動きもせず、何もすることのない手だけがもぞもぞ動いている。話に夢中になって、話の人物になりきり、科白《せりふ》に合わせて口を動かしている者もいる。マリュータまでが話のなかに引きずりこまれて、ほかのことは何も考えていなかった。

アンブロージが口を閉じると、長いことだれも何もいわずに待っていた。次があると思っていたのだ……そのうち、まばたきをして、あたりを見回し、息を深く吸いこむと長いため息をつき、声を上げて笑ったり、立ち上がって寝るしたくをしに家にもどった。

次の日の晩、村人たちはだれも語る話はなく、アンブロージをみつめていた。そのうちだれかがいった。「今夜もまた話をしてくれないか、アンブロージ」それからというもの、幾晩《いくばん》もアンブロージは話をした。

話をきくたびに、人々はアンブロージの言葉のとりこになっていった。息をするのも忘れて聞き入っている者がいるかと思えば、立ち上がって全身で物語を演じる者もいる。

「こうして兵士たちは道を歩いていった。右、左、右、左、右、左、右、左」アンブロージが語ると、男も女も子どももそばにいって足踏みをしたり、歩いて村の通りに歩み出て、語る言葉がきこえないのに気づいて、あわててもどってきたりした。

次の日になると、村の子どもたちはまたアンブロージの話の登場人物たちの真似をして遊んだ。そしてしょっちゅう悪夢にうなされて目を覚ました。アンブロージの話に登場する熊が出てくるのだ。

あるとき、前の晩の話が悲しかったときなど、次の日、人々はうなだれて、ゆっくりとしか働けなかった。

しかし、マリユータは気づいていた。働いているとき、だれもがアンブロージを警戒《けいかい》するような目でみて、近寄らないようにするようになったのだ。何人かは、話が始まると集まっているところから離れるようにして、子どもを近寄らせないようにした。マリユータには、村の人々がアンブロージを恐れ始めているのがわかった。これはアンブロージにとっても自分にとってもよくないということもわかっていた。

そこでアンブロージにいった。「話は冬のために取っておけ。みんなの表情に気がついてないのか？」

アンブロージはそれきり話をするのはやめ、頼まれても断った。そして黙って、村の語り手の話に耳を傾けた。

しかし、ひとりになると、しょっちゅうあの歌をうたうのを、マリユータはきいた。

さびしい谷間にいきたい
だれもいない谷間にいきたい
そこでは、かわいい小鳥が次々に声色を変え
そのたびに、声が美しくなっていく。

冬がきて、マリュータとアンブロージは村を離れ、さびしい雪原にもどっていった。アンブロージも腕のいい立派な猟師になっていたので、別々に狩りにいくこともよくあった。そして別々に野営地にもどってくることもあれば、どちらかが寝ているときもあるので、長いこと言葉を交わさないこともしょっちゅうだ。しかし、いっしょのときは身を寄せ合い、よく一枚の毛布にくるまって楽しそうに笑った。マリュータはイェフロシニアの話や、クズリや熊の話をした。アンブロージは物語を語った。マリュータはその物語にひたることはちっともいやではなかった。息子の言葉が自分から何かを奪ったりすることはないと思っていたからだ。

ある日、仕掛けておいた罠をふたりでみにいってみると、クロテンが首のところをはさまれて死んでいた。雪の上に転がっているところは柔らかそうな黒い毛皮の袋のようだ。首の傷と鼻から流れた血が雪を黒く染《そ》めていたが、その色は毛皮ほど黒くはない。

マリュータは息子の頭に手をあてて、クロテンがかかったとき必ず口にする言葉を口にした。「クロテンのように黒く、血のように赤く、雪のように白く」

アンブロージは紐をほどいてスキーをはずした。もう父親よりスキーの扱いはうまい。そしてしゃがん

で獲物を罠からはずすと、罠をマリュータに渡した。またすぐに仕掛けることになる。マリュータは弓によりかかって満足げに、息子が手際《てぎわ》よく作業をするのをながめている。アンブロージがナイフを抜くのをみて、マリュータはクロテンの皮を剝《は》ぐのだろうと思った――が、アンブロージは小さな袋を開けてなかから干したトナカイの肉を取りだして、ひと切れ切り取り、ナイフでクロテンのこわばった口をこじ開けた。死んだクロテンの鋭く小さい歯が、雪と月の光にきらめく。ぽっかり口を開けて喉までさらしている姿は、それまで以上に死を実感させた。アンブロージは切り取った干し肉をその口に置いた。

マリュータは、いったい何をしているのかきこうとしたが、そのまえにアンブロージが歌い始めた。その声は身を切るような冷たい空気のなかで、少ししゃがれてきこえたが、それまで以上に澄んでいて、節回しも絶妙で、言葉を音楽の網《あみ》が包んでいた。歌が新しい節に移るたびに、マリュータは前の節をききたい気持ちにかられ、何かいいたい気持ちになるたびに、ききたい気持ちが口をふさぐのだった。だが、このときの歌は耳慣れないもので、いつも以上にあれこれききたくなった。ゆるしてくれ、と歌は語りかけた。われわれにはおまえの毛皮が必要なのだ、おまえの肉が必要なのだ。ゆるしてくれ。おまえもほかのものを殺したはずだ。この肉を受けとってくれ。これから旅をするおまえへの贈物《おくりもの》だ。道はあそこにある。恐れることはない！

ひと言ごとに、ひと節ごとに、マリュータはその歌の意味以上のものを感じた。ひと言ごとに、美しいメロディーで節が歌われるごとに、その歌は不気味な調子を帯《お》び、鋼《はがね》のように冷たく響きだし、冷たい世界が自分を押しつぶそうとしている、冷たい星の散りばめられた黒い空が凍った大地を押さえつけている、そんな気がしてきた。マリュータは激しく身震いした。まるで自分の墓の上を鳥が飛んでいったような気分だ。

マリュータはその歌を知っていた。幼い頃、狩りの仕方を教わっていたとき、大人たちがそんないくつかの歌を切れ切れに歌うのをきいたことがある。それは死者をこの世界から死者の世界《ゴーストワールド》に導《みちび》くときに魔法使いがうたう歌だった。ふた言、三言しかきいたことがなかったのだが、いまここでアンブロージがその歌を完璧に、間違えることなく歌っている。いったいどこでそんな歌を覚えたんだ、とたずねたくなった。しかし、もっときいていたかったし、なにより、怖かった。

アンブロージは歌を終えると、ナイフでクロテンの皮を剥《は》いだ。しかし、マリュータは黙ったまま、ききたいことを口にできずにいた。息子の前で臆病《おくびょう》になっていたのだ。

アンブロージが皮を剥《は》いで、丸めて、袋に入れると、ふたりはまた雪の上を移動して、その罠を仕掛ける新しい場所をさがし、ほかの罠をみてまわった。

マリュータはまだ黙ったままだったが、気後《きおく》れと恐ろしさの下から怒りがわき上がってきた。「なんで、死んだ獲物の口に食べ物を入れた？　むだなことをして！　それに時間もむだだ！　死んだクロテンにあんな歌をうたったりして。なんであんな薄気味悪《うすきみわる》い歌をうたった？　どうせ歌うなら、陽気な歌をうたえ」

アンブロージは父親の顔をみたが、何もいわなかった。弓で体を押し出すようにして進み、右足にくくりつけた長いスキーで滑っていく。弓、スキー、弓、スキー――「どうしてそんなに急ぐ？」マリュータが声をかけた。「すぐに疲れてしまうぞ」

マリュータがそういったのは、アンブロージが疲れると思ったからではなく、自分が取り残されるのが腹立たしかったからだった。

アンブロージは黒い空の下に広がる白い雪原をぐるっと回って父親のところにもどってきた。顔を上げると、父親の姿がはっきりみえた。以前よりかっぷくがよくなって太ってきた。背中も曲がっているし、うつむきがちになっている。フードからはみ出てコートの前にたれているひげは、年のせいで氷のように白い。

父さんは、ずいぶん年を取った。アンブロージはそう思った。この冬が明ける前に、いなくなってしまうかもしれない。

アンブロージは父親の横につくと、先に進みすぎないように滑っていった。

テントに着くまえ、輪を描くような熊の足跡をみつけた。

アンブロージはこの頃、しょっちゅう夢をみるようになった。熊がやってきて、テントのまわりをぐるぐる回る。夢のなかの熊はテントのなかにはいってくる。ときどきそれは人間だった。

それから音楽の夢をみることもあった。横笛《よこぶえ》の高い音色が心地《ここち》よく、小鳥の羽ばたきのように響いて、その澄んだ音色が空へのびていき、いきなり下りてくる。

ある晩、アンブロージは雪の上にあおむけに寝て、高く黒い空を見上げて、耳を澄ませていた。すると温かい息が笛のなかで震えるのがきこえ、またあの音色がきこえてきた。心が痛くなりそうなほど完璧な音だった。アンブロージは身動きもせず、目をつむったまままきいていた。少しでも動くと音楽が止まってしまいそうな気がしたのだ。

横笛の音がやんでも、アンブロージはじっとしていた。用心深い獲物がもどってくるのを待つ猟師のように。目をふさぐまぶたの重みと、心臓の鼓動を感じる。体の上の毛皮も下の毛皮も温かい。燃えている木のはぜる音がきこえ、煙のにおいがする。気がつくと、そこは雪の上ではなかった。テントのなかだ。

アンブロージが目を開くと――それとも目を覚ますと？――斜めに張られたテントの皮の壁がたき火に照らされていた。

そばには男があぐらをかいていて、模様を描いた細長い木の笛を膝の上に置いている。男の後ろには、黄ばんだ白クマの毛皮のずっしり重いコートが脱ぎ捨てられている。コートの肩のところに男の髪とひげが、白い筋の入った黒く長い髪とひげが流れ落ちている。男はアンブロージをしげしげとみている。目は上下を囲む影のせいで大きくみえ、瞳の色はほぼ完璧な黒だった。

知らない男ではない。あの熊だ。祖母の家にやってきて、アンブロージにいっしょにこいといった、あの男だ。アンブロージがまわりをみると、テントのなかにはほかにだれもいなかった。笛を持った男とふたりきりだ。毛皮にくるまって寝ていたマリュータはいなくなっている。犬もいない。だれも何も置いていかなかったようで、骨一本なければ、罠を積んだ山もない。そうか、まだ夢をみているんだとアンブロージは思った。

男はにやっと笑った。そのときまでやさしそうにみえた顔に、笑った瞬間、鋭い歯がのぞいた。「わしの本当の名はクズマ。たったひとつの名前だ。おまえの名は？」

「アンブロージです」

「あの猟師はおまえにアンブロージという名をつけたのか。犬につけるようにな。ところで、おまえの本当の名前はなんだ？」

しゃっくりは思いがけず出てくるものだ。クズマに本当の名前はときかれたとき、アンブロージの喉からしゃっくりが出るときのように、それまできいたこともない名前が出かかった。アンブロージはぎょっとして、それを飲み下した。「ぼくの名前はアンブロージです。ほかに名前はありません」

クズマの顔はやさしく、残酷だったが、それが悲しそうな顔になった。「もし生まれた日におまえをもらっていれば、おまえを歌で育て上げただろう。そして、おまえに本当の名前をたずねたら、おまえはその名以外の名を名乗ることはなかっただろう。だが、おまえは本当の名前を忘れてしまったらしいな」クズマは笛を口にあてた。アンブロージは息を止めた。音楽を聞きたくてたまらなくなった。クズマがまた美しく震える、呼びかけるような曲を吹いた。アンブロージの胸が痛みであふれた。曲は始まったかと思うと、すぐに終わってしまうからだ。ところが終わるまえに、アンブロージはびくっとした。テントの壁になっているかたい布をたたく音が響いたのだ。たたく音とこする音、たたく音と羽ばたく音がして、すさまじい鳥の鳴き声が響いた。外で鳥たちがテントを翼《つばさ》でたたきながら、なかに入ろうとしている。

クズマがまた別の呼びかけるような音を笛で吹き始めると、鳥たちが鳴き声を上げながら、はばたきながら、テントの上の煙抜きの穴から飛びこんできて、たき火の煙と熱のなかに舞い下り、羽ばたいて火明かりのあちこちに影を作った。

クズマは笛を置いた。「呼び寄せの力だ」といった。それから火明かりを反射して光る長い笛を振り上げ、あわれな鳥のほうに向けた。鳥たちは翼で煙を切って甲高く鳴きながらテントにぶつかっている。一羽が下に敷いてある毛皮の上に落ちた。両方の翼を傷めている。「いやす力。姿を変える力。吹き飛ばす力。隠れているものをみる力と、ものを隠す力。おまえはそういう力を持っている」

「いえ、持っていません」

「おまえは話をしたとき、村の連中を呼び寄せた。おまえの言葉は村の連中をその場に釘付けにした。彼らはおまえの言葉に従い、おまえの言葉のなかを生きた。おまえは歌に合わせて連中を踊らせ、そして恐れられた。おまえは未熟な魔法使いだ。だが、魔法使いになるべく生まれついている。魔法使いは自分の本当の名前を知らなくてはならない。おまえの本当の名前はなんだ」

　アンブロージはまた喉が動いて、勝手に何かいおうとするのを感じたが、それを飲み下し、魔法使いとたき火から離れようとした。かつてマリュータが、魔法使いと真夜中のまぶしい陽光から離れようとしたように。

　クズマはうなずいてにんまりすると、笛を旗竿《はたざお》のように縦《たて》に持った。笛の音につられてやってきた鳥たちが頭のまわりで羽ばたいたり、肩にとまったりしているが、まったく気にしていない。さっきの鳥が膝のそばで脚を動かして痛そうにしている。

「わしの唯一にして本当の名はクズマ。七倍の七倍、鉄の森の鉄のトネリコの木に巣を作り、熊の巣で眠り、熊に育ててもらった。七倍の七倍、生まれ、そのたびに同族の者がわしを呼び、「おまえの名はなんだ」ときいた。七倍の七倍、わしは「クズマ」と答え、自分が魔法使いであることを知った。そのたびに力を増し、学ぶことが増え、教えることも増えていった。おまえはアンブロージではない。それはあの猟師がおまえにつけた名前だ。あの猟師は平凡な人間だ。おまえはわしの弟子だ。さあいえ、おまえの本当の名はなんだ？」

　その名がまた喉までこみあげてきた。アンブロージは闇のなかに押しやられ、引きずりこまれるような気がした。そこは何もみえず、危険にあふれている。テントの壁を照らす火明かりが暗くなった。外の寒さが感じられる。「ぼくはアンブロージだ！」

クズマはにやっと笑った。テントのなかを跳び回るたくさんの鳥のうちの一羽が笛の端に止まった。クズマは手を伸ばしてその鳥をつかみ、アンブロージの頭にのせた。アンブロージはその小さな重みと、軽くひっかく足の下で首をすくめ、鳥が鳴くと、ほほえんだ。

「アンブロージ！」クズマがいった。「不死の命をやる。猟師はおまえに名前しか与えることができなかった。わしはおまえに三百年の命をやる。そして三百年たったら、鉄のトネリコに登る方法を教えてやる。そこで、おまえの巣で眠れ。ふたたびおまえのために鉄の門が開くまでな。わしといっしょにこい。わしはおまえの歌を止めたりはしない。話を語る以上の言葉の使い方を教えてやる。さあ、いっしょにこい。おまえの知っていることすべてを思い出せ。そしてさらに覚えるのだ」魔法使いは手を差しだしてほほえんだ。火明かりのなかで目と歯が光った。その顔は鋭く、残忍《ざんにん》そうにみえた。が、そのときたき火が揺らめいて、顔が闇のなかに消えた。また火が燃えあがり、顔が現れた。その顔は残忍そうではなく、悲しそうだった。そしてアンブロージをみつめ、どうかいっしょにきてくれと訴えていた。

アンブロージは差しだされた手をみると、ぎょっとして身震いした。その手を取りたくなったのだ。アンブロージは恐ろしくてたまらなかった。

「小鳥が鳴き声を変える谷間にいってみたくはないか。さえずるたびに、美しい声になる小鳥のいるところへ。海の上を飛んでみたくはないか。海の下を飛んでみたくはないか。おまえの本当の名をいって、いっしょにくれば、愛も気苦労ももう追いかけてはこなくなるぞ」

アンブロージはたき火のそばにうずくまって、まだ震えていた。

クズマがアンブロージを連れだそうとしている、火明かりの届かない闇のなかには、様々な罠や落とし穴が隠れている。しかし火明かりの届く安全なところにいれば、ほかの人たちが歌ったり、話を語ったりするときに黙っていなくてはならない。火明かりの届くところにいるときは、自分の本当の名を意識《いしき》してはならない。心の底でうごめく切望はアンブロージをクズマの闇に押しやり、引きずりこもうとしている。アンブロージは思い切って立ち上がった。テントから出て逃げようと思ったのだ。ところが立ち上がったとたんに目が覚めた。テントの毛皮の上に寝ていた。犬が一匹、アンブロージの脚の上に寝て、マリュータもそばでいびきをかいている。

　マリュータにはその夢のことをひとことも話さなかった。ただの夢にすぎなかったら、話してもしょうがない。もし夢以上の何かだったら、マリュータには何もできない。かつて、おまえを守ってやる、屋根に、船に、橇《そり》に、壁になってやると約束したが、そんな約束はなんの役にも立たない。こうしてマリュータは仕事を続け、若いやつはよく眠るもんだといって笑った。しかし、アンブロージが眠るたびに夢をみて、そのたびにクズマがやってくることは知らなかった。

　クズマがふたりの眠っているテントにやってくることもあれば、アンブロージが祖母の家のなかに座っていることもあった。それはもう何年もいったことのない家で、ドアが開き、真夜中の陽光がまぶしく差しこんで木の床板を照らし――その床板の上をクズマの熊の爪のあるブーツがやってくる。夏の森に、冬の雪原に、アンブロージがどう表現していいかわからない奇妙な場所に、クズマは現れた。熊の姿のこともあれば、人の姿のこともある。

　クズマが笛を唇にあてて吹くと、それがあまりに美しいのでアンブロージはぐったり疲れてしまう。だから、どうか曲が始まらないでほしいと願わずにはいられなかった。ところが、いったん曲が始まり、音が揺れながら重なりながら、何度もいつもの美しい節のところにやってきて、心をつかまれると、アンブロージはどうか終わらないでほしいと願うのだった。曲が流れると、鳥たちが空から舞い下りてくる。みんな音楽のとりこになっているので、手でつかまえられるくらいだ。曲は森から狼たちも呼び寄せる。そして熊も、一歩、一歩、近づいてくる。呪縛《じゅばく》から逃れることができず、まるで飼い犬のようにおとなしい。アンブロージは木までが前に出て、おじぎをするのをみた。アンブロージもとりこになってしまい、自分の体が音楽に合わせてくねったり、もとにもどったりするのを感じ、そのうちクズマの足元にクロテンのようにはっていくのだった。

　どの夢でもクズマは問いかけた。「おまえの本当の名はなんだ」

　アンブロージはその問いがいやでたまらなかった。クズマが自分を連れていこうとしている未知《みち》の世界が恐ろしかった。だから、必死にあらがった。知るまい、きくまい、絶対に話すまい、自分の本当の名は、と。しかし、クズマの奏でる音楽はマリュータの世界のつまらなさを思い出させた。その世界では、黙っていないと追い出されてしまう。そしてその音楽をきくたびに、好奇心がうずいて、自分の名がなんなのか知りたくてしょうがなくなる。アンブロージは自分の本当の名など知らなかったし、知ろうともしなかったが、忘れることもできなかった。

　それにマリュータがいる。アンブロージはマリュータをしっかりみて、どんなに老いたか気づいて以来、かつてのたくましい父親の面影《おもかげ》を見出すことができなくなっていた。それどころか、マリュータは耳が遠くなり、しょっちゅう、大声で話しかけなくてはならなかった。体が弱り、動作も鈍くなった。昔のように弓を何度も引けなくなったし、腕の力も弱くなって、一度弓を引くと、それきりだった。寒がるようになって、咳きこむようになって、犬といっしょにテントに置いていかなくてはならなくなった。かつてマリュータがアンブロージをそうしたように。いまはアンブロージが濃くて熱いバター入りのお茶をいれて、マリュータに飲ませるようになった。

　アンブロージは年老いた父親をたき火ごしにみて、よく抱きしめてくれたことを思い出した。寒くないようにと抱きしめてくれたこともあったし、好きでたまらないから抱きしめてくれたこともあった。いつも食べ物を持ってきてくれて、おなかいっぱい食べさせてくれた。いつもうれしそうに、にこにこしながら、街で買ってきたお土産を渡してくれた。アンブロージはマリュータにもらった太鼓を覚えていた。そのうち壊してしまった太鼓だ。

　父さんはもうすぐいなくなる。アンブロージにはわかっていた。

　アンブロージは夢をみた。雪の上に座っていた。頭上の黒い空では星が明るく強い光を放っていて、雪明かりがまわりで揺れている。そしてクズマがいた。黄ばんだ白クマの毛皮が肩からたれ下がっている。やわらかい音の出る木の笛は膝の上に置かれている。

　クズマはアンブロージをみていった。「おまえはわしの弟子に生まれついた。わしが何を教えてやれるか、何を与えてやれるか知っているはずだ。それなのに、なぜ、わしといっしょにこない。なぜ、本当の名を名乗らない」

　アンブロージは答えた。「マリュータ」

　クズマは黙って座っていた。髪もひげも冷たい風になびいている。風は雪原をかすめ、甲高い声で叫びながら、氷の結晶を投げつけてくる。「おまえが以前、この世界にいたとき、マリュータはおまえの父親ではなかった。まだ生まれてもいなかった。影も形もなかった。おまえがふたたびこの世界にやってくるとき、マリュータはおまえの父親にはならないし、何者にもならない。鉄の森に迷いこみ、消えてしまうだけの存在だ。なぜ、そんなにマリュータのことを思いやる？　マリュータなど、たき火から飛んできた火花のように一瞬で消えて、闇のなかで死んでいく。だが、おまえは魔法使いだ。あの猟師など死ぬにまかせておけばいい」

　その人間味のない冷ややかな言葉をきいて、アンブロージは凍りつくような風に吹かれたような気がして、恐怖と闇で目がくらんだ。「火花は生きているときは温かいものです」

「おまえの本当の名をいえ」

「マリュータは息子を愛してくれました」

「あいつは自分を愛しただけだ。そうでなければ、息子をわしに渡したはずだ」

「マリュータはもう年です。そしてぼくの父親です」

「わしやおまえにとって、父親などどうでもいいのだ」

「あなたは母親も父親も知らない。しかし、ぼくは父親を知っていて、父親を愛しています。ぼくは何度も父さんを傷つけた。そんなつもりはなかったのに、そしていま――」

「おまえの本当の名をいえ」

　アンブロージはその名が、心の底にある闇からわきあがってくるのがわかった。「ぼくの本当の名前は……」アンブロージはクズマから目をそらし、夢の壁のむこうに目をこらして、夢からさめようとした。

「おまえが本当の名をいわない限り、おまえがわしといっしょにこない限り、心は安まることがないぞ」

「父さんはもう年なんです。死んだら……」

クズマはアンブロージのほうに身をかがめた。そのぼんやりした影が雪の上で動く。「おまえに教えなくてはならないことが山ほどあるというのに、この命はあとわずかしかないのだ。この猟師がのんびり何年もかけて死んでいくのを待っているわけにはいかない。おまえの本当の名をいえ」

アンブロージは目を閉じ、手で耳をふさいだ。そうすれば、自分の頭に響く声を追い出すことができるといわんばかりに。

「おまえの本当の名、それをきけ！　おまえのまん中にあるはずだ。それをいえ！　おまえの本当の名、それをいえ！　おまえの本当の名、それをわしにいうのだ！」

命令されるたびに、アンブロージは耳元で太鼓を打ち鳴らされるような気がした。そして太鼓が打ち鳴らされるたびに、頭のなかの音は近づき、大きくなってきた。「シンヴァ！」アンブロージはいった。「シンヴァ！」

クズマの歯がのぞいた。白く、鋭く、ごつい歯がひげの間にのぞいた。クズマは手を差しだした。「シンヴァ！　いっしょにこい」

アンブロージは立ち上がり、クズマも立ち上がった。アンブロージは手を伸ばして、クズマの手を取ろうとした。魔法使いに自分の本当の名を呼ばれたら、逆らうことはむつかしい。ところが、ふたりの手が触れる寸前、アンブロージは手を握りしめ、クズマから顔をそむけた。

「いやだ！」アンブロージは身をもぎはなすようにして背を向けた。そしてテントのなかで目ざめた。

アンブロージは体を起こしてたき火の上にかがみこみ、もしクズマの手を取っていたらどうなっていただろうと考えた。体も何もかもいっしょに、この世界から連れ去られたのだろうか。そう考えると怖くてたまらず、温かいテントのなかで身震いした。しかし、一方で興味がわいてきて不思議な気持ちになり、何度も何度も考えてしまうのだった。

「具合が悪いのか」マリユータがたずねた。暗い日の遅い時間だった。息子がだるそうで、すぐに疲れてしまい、病気のかかり始めのようにみえた。アンブロージは少しして首を振った。それまで父親の言葉がきこえていなかったかのようだ。

その晩はマリユータがお茶をいれて大きなボウルに注いでやった。なんの病気にかかりかけているのかはわからないが、それを追い払って、息子を元気づけたかったのだ。アンブロージはお茶を飲むと、横になって眠った。

そしてまた夢をみた。またクズマの横に座っている。ふたりを包む冷たい闇に、赤と青と緑のオーロラが揺れている。

クズマが語りかけた。「シンヴァ、よくきけ。これからひとつ話をする」

世界の初めの頃の話だ。この世界をつくった魔法使いが、自分のつくった生き物をすべて呼び寄せ、すべての生き物に三十年の寿命を与えた。

「待ってください」ロバがいった。「わたしの人生は背中に重い荷をのせて運ぶだけです。荷が重くて歩みが遅いと、速く歩けといわれて、蹴られたり、なぐられたりします。それが自分の人生なら、それはしかたがありません——でも、三十年は長すぎます、おじいさん」

魔法使いはひげを引っぱりながら考え、たしかにロバのいうとおりだ。そこで三十年から十八年を引いて、寿命を十二年にしてやった。ロバは感謝した。

次に犬がやってきた。「おじいさん、ぼくは生きている間、ひたすら走って、かみついて、吠えます。いい人生だと思います。だけど、三十年それを続けるのはつらいと思うんです。寿命を終えるずっとまえに、脚は弱って動かなくなるし、歯は欠《か》けたりすり減ったりするし、吠えても声が出なくなると思うんです。自分の人生といえないような人生はほしくありません」

魔法使いはやさしかったので、寿命を十二年引いてやった。

次にやってきたのはサルだった。「おじいさん、三十年は長すぎるよ。おれはばかなことをやってるときしか、みんなに好かれないんだ。三十年もばかなことをやってられるもんか。みんなはおれをみておもしろがるけど、おれはげらげら笑われて、ばか扱いされるのはおもしろくない。少しへらしてほしいな」

そこで魔法使いは寿命を十年引いてやった。

そのあと、男と女がやってきた。「おじいさん、わたしたちはどれくらい生きるのでしょう」

「三十年だ」

「おじいさん、わたしたちは三十年が過ぎた頃が人生の盛《さか》りなんです。家を建て、畑には作物が育ち、子どもも生まれています。それなのにそれを目の前にして死ねとおっしゃるのですか。おじいさん、三十年は短すぎます。どうかもっとたくさんください」

魔法使いはそれをきいてうれしく思った。自分のさずけた寿命を延ばしてほしいという生き物もいたからだ。魔法使いは喜んで、男と女に、ロバの寿命から引いた十八年を与えた。

「もっとください、おじいさん」

そこで、犬の寿命から引いた十二年を与えた。

「もっとください」

そこで、サルの寿命から引いた十年を与えた。

こうして、この世界で男と女は七十年生きることになった。

これで、人間の一生というものがよくわかるだろう、シンヴァ。最初の三十年間、男と女は、魔法使いが考えたとおりの人生を送る。だが、そのあとの十八年間はロバの人生だ。つまり骨の折れるつまらない仕事をして、重い荷を背負って過ごす。そのあとの十二年間は犬の人生だ。体は弱って動けなくなり、歯が抜け、体が痛み、口をぱくぱくさせたり、うなったりするのがせいいっぱい。そして最後の十年間はサルの人生だ。ひとりでぐだぐだしゃべって、ほかの連中から指をさされ、笑われ、ばかにされて過ごす。

「シンヴァ、おまえはそんな人生を送りたいのか」

「父さんはいま犬の生活を送っています。ぼくはまだ人の生活を送っています。いま、父さんを見捨てるのは間違っています。そのうち老いたサルのように生きるようになっても、ぼくはばかにしたりはしません。ですから、父さんがなくなったら、ぼくはいっしょにいきます」

「いま決めろ」クズマがいった。「魔法の力を持ち、よみがえることのできる魔法使いとして三百年生きるのがいいか。それとも、三十年、人間として生き、そのあとロバや犬や猿がいやがって捨てた寿命を生きるのがいいか。さあ、選べ！　これが最後のチャンスだ！」

「おじいさん、父さんが死ぬまでは決められません」

　クズマは手を伸ばして、アンブロージの心臓の上にあてた。そしてアンブロージのシャツから長い白糸を引き抜いた。「ここ何年もの間、おまえは、わしにつきまとわれ、つらい目にあわされてきたと思っているだろう」クズマはまた手を伸ばして、アンブロージのシャツから長い長い黒糸を引き抜いた。「夢をみているときも、目ざめているときも、わしがやってこなくなれば、落ち着いて眠れると思っているだろう」クズマはまた手を伸ばして、アンブロージのシャツから明るい朱色《しゅいろ》の糸を引き抜いた。「シンヴァ、わしはおまえを守ってきてやったのだ。おまえを魔法使いの弟子と知って目をつけ、おまえを好きなようにしてやろうとたくらむ多くの霊からな」クズマは両手でアンブロージの胸を押した。アンブロージは雪のなかに倒れた。「自分の選んだ人生を歩むがいい」

　アンブロージは夢のなかから転がり落ちた。テントの毛皮の上で眠っていた。そして目が覚めると、狂気のなかにいた。

　マリユータは騒々しい音で目が覚めた。アンブロージがテントのなかをはいまわって、毛皮をめくりながら、大声で犬に話しかけている。犬はくんくん鼻を鳴らしてうれしそうだ。「クロテンがいるぞ。テントのなかにいる」

　マリユータにはどこにもクロテンなどみえなかったが、アンブロージはいると言い張った。血を流してる、あちこちに血まみれの体を引きずったあとがある――ほら、あそこにも、あそこにも！　マリユータには何もみえなかった。

しかし、目にみえないクロテンはいなくならなかった。アンブロージは何か食べようと手を伸ばしては、クロテンが指にかみつくといって、そのうちほとんど食べなくなった。仕掛けておいた罠をみにいくと、クロテンが先にきたと、アンブロージはいった。そして罠はいつも空っぽで、クロテンの足跡がまわりの雪の上にあった。眠ろうとすると、クロテンがやってきて、耳にささやきかけて、眠れなかった。

「何をささやくんだ？」マリュータは恐ろしくて、気が沈むいっぽうだった。

アンブロージは首を振った。言葉ははっきりきこえないんだ、だけど、少しずつわかるようになってきた。そのうちすぐに、クロテンのいってることがわかるようになると思う。

マリュータは狩りをやめて、近くの村にいき、どこかの家にとめてもらい、息子を助けてもらおうと思った。皇帝はいままでに集めた毛皮で満足してくれるだろう。父親の考えをきいて、アンブロージはうなずき、父親といっしょにテントをたたんで橇《そり》にのせた。しかし、クロテンが追いかけてくるといった。

村までの道で、アンブロージはときどき黙って橇《そり》に座り、マリュータにはみえない何ものかと激しく言い合い、何かにむかって、あっちにいけ、かみつくな、うるさいといった。そして蹴飛ばし、なぐりつけた。マリュータはそれをきいたりみたりするうちに、暗い気持ちに襲われるようになった。

村に着くと、歓迎された。村では旅人は歓迎される。一年のうち寒い季節はとくにそうだ。村長がふたりを家に招待した。家は大きく、客を泊める広さも十分にあった。マリュータとアンブロージは、村長やその家族といっしょに暖炉であたたまり、食べ物や飲み物をふるまってもらった。そしてその礼には、ちょっとした世間話をすればよかった。しかし、そこの家族はすぐに気づいた。アンブロージはだれにもみえないものをみて、自分に話しかけているようだ。

「あの年寄りの猟師は頭のおかしい若者を連れてきた」みんなはそう言い合って、不安になった。みえないものに話しかけるだけだったら、みんなも我慢できただろう。

ところが、アンブロージが話しかけている相手が、そこにいることがわかると、だれもが震えあがった。アンブロージの訪れた家ではネズミが爪で引っかくような音がきこえてきて、アンブロージの目がその音を追うのだった。床板やテーブルの上に血のしみがみつかり、ドアやよろい戸の板には爪で引っかいたような跡が残っていた。

村長の家族は毎晩目を覚ました。アンブロージが悪夢をみて寝言《ねごと》をいうからだ。「また、あいつらだ。ぼくをずたずたにかみちぎる」アンブロージは大声で訴えた。マリユータは息子をおとなしくさせようとした。「指を、手をかみちぎる。ぼくの頭のなかにいて、中身を食いつくすんだ！」

家の外には足跡が残っていた。熊の大きな足跡と、クロテンの小さな足跡だった。

食べ物をしまってある倉庫がこじ開けられて、荒らされているのがみつかった。なかの食べ物は鋭い歯でかじられたあとがあった。アンブロージがいった家ではどこでも、鍋のふたががたがた鳴って、コップや皿が棚の上できしるような音を立て、ときどき床に落ちて割れた。ドアが勝手に開いて、冷たい冬の風が吹きこんだ。夜には、かけている毛布が目にみえない何ものかによって引きはがされた。

こんなことばかりが続くうち、人々はアンブロージとマリユータをうさんくさそうにみつめて、顔をしかめるようになった。マリユータはすぐにぴんときた。もうすぐ、出ていくようにいわれるだろう。

ところが、それからしばらくして、マリユータと村長の家族が目を覚ましたとき、アンブロージがいなくなっていた。スキーも弓矢もなく、罠もほとんどなくなっていた。ただ毛皮だけがあとに残されていた。

雪の上についている足跡をみると、アンブロージはトナカイを橇《そり》につないで、若い犬を数匹連れ、ひとりで雪原にもどっていったことがわかった。

村人たちはマリユータをかわいそうに思ったが、頭のおかしい若者がいなくなって喜んだ。そしてマリユータに、冬が終わるまでここにいればいい、春になって、息子さんがもどってこなかったら、皇帝の倉庫まで毛皮を運んでいくのを手伝ってあげようといった。マリユータはうれしくもなんともなかった。

こうしてアンブロージはひとりで――追いかけてきて、悩ませる霊たちをのぞいて――雪原へ向かった。そしてクズマはどうなったのか？　次はクズマのことを（と猫は語る）話そう、そしてトナカイを追う人々――冬になり、狼になってしまった人々――のことを。

第六章
狼狩り

トナカイを追う人々がクズマに呪われて、狼に姿を変えられたことを覚えているだろうか（と猫はたずねる）？　そしてその人々がクズマの名を呼んだことを覚えているだろうか。

それがどうなったか、それをこれから話すとしよう。

クズマは自分の名を呼ぶ声をいつもきいていた。それがいつも耳をくすぐるからだ。クズマが遠見《とおみ》の鏡《かがみ》を出してきてのぞいてみると、その暗い表面が光と影に揺れ、揺らめいて、光と影の間に、自分が狼の姿に変えた人々の姿がみえた。クズマはその連中をさがしに出かけることにした。

生き残った者は多くなかった。〈白いトナカイ〉は死に、妹の〈小さな魚〉も死んでいた。ふたりとも食べるものがなく、猟師に傷つけられたのが原因だった。昼の続く夏の間に生まれた赤ん坊はみんな冬の間に死んでしまった。親が狼になってしまったからだ。夜の続く冬の間に生まれた赤ん坊もみんな夏の間に死んでしまった。親が人間にもどってしまい、四本足の毛むくじゃらの子どもをみるのに耐えられなかったからだ。

しかし、〈狐にかまれた子〉は生きていた。そして仲間がいさかいをはじめるとすぐに仲介《ちゅうかい》した。苦しみの多い人々の間ではしょっちゅう、いさかいが起こるものだ。まだ何人かは、かつて狐が言葉巧《たく》みに、うまく調停役《ちょうていやく》を果たしたことを覚えていた。

「仲間同士で争っているときではありません。よその土地の人々の多くが、ぼくたちを憎み、傷つけようとしてるんです」狐はいった。「仲間で傷つけ合えば、敵が喜ぶだけです。ぼくたちに罠を仕掛けた農夫たちを思い出してください。ぼくたちを家から追い払って、井戸の水を飲ませてくれなかった村人たちを思い出してください。ぼくたちと同じトナカイを追う仲間でありながら、仲間に入れてくれず、古くなった干し魚さえ分けてくれなかった連中を思い出してください。怒りはそういった連中のために取っておいてください」

残念なことに、狐のいったことは本当だった。狐にかまれた子の仲間はうとまれるようになっていたのだ。それも人の姿をしている夏のときでさえ。冬の間隠しておいた衣服はよごれてしわくちゃで、多くは動物の歯や爪の跡がついていた。また服装だけでなく姿形が、村人や農夫や、トナカイを追う人々をなんとなく不安にさせた。みんなひどくやせて、骨の浮かびあがった顔は獰猛《どうもう》な感じを与えるし、裂《さ》けた袖《そで》やズボンからは肌の下で骨や筋肉や腱が動くのがみえる。動きが狐のように素早く、猫のように軽い。村人たちはそれをみてぞっとするのだった。

そして狼に姿を変えると、人間すべてから憎まれた。

狼になった仲間がもめると、狐は耳を伏せ、歯をむき出してうなり、警告《けいこく》した。すると、どちらもぴたりとおとなしくなった。そうしないと、狐にかみつかれるのがわかっているからだ。

狐にかまれた子はクズマに呼びかけ、ここにきて、われわれのうらみをきけと訴え続けていた。夏には、人々の先頭に立ってクズマという名前を唱えた。闇の続く半年の間は、狼たちの先頭に立って寒々《さむざむ》しい吠え声を上げた。それは冬からさずかった声のようだった。狼の喉からクズマという名前は出てこなかったが、それでもクズマに呼びかけた。

クズマはいつもその声をきいていた。そしてやってきた。

狐にかまれた子は狼の冬のすみかの外で、狼の姿で眠っていた。凍りついた雪を踏む音がきこえた。狐はすぐに目を覚まして立ち上がると、逃げようか、戦おうか、考えた。

クズマがそばにしゃがんでいて、黄ばんだ白クマのコートが雪の上に広がり、後ろに背負ったゴーストドラムのせいで、地面に映った影の背中にはこぶがあるようにみえる。

狐にかまれた子は狼のつもりで逃げようとしたが、気がつくと狼ではなく人の姿になっていた。しかし、まだ冬で、空は暗い。

「おまえは夢をみているのだ」クズマがいった。「わしはおまえの夢を訪ねてやってきた。なぜ、わしを呼ぶ？」

狐にかまれた子は怒りと悲しみをぶちまけたくてしょうがなかったはずなのに、いざクズマを目の前にすると、何もいえなかった。いいたいことがありすぎて、すべてをひと言ではいえないが、狐にはひと言口にするのがせいいっぱいだったのだ。

「おまえたちの姿を変える呪文は、呪いの骨に刻まれている。呪いの骨はクロテンの巣のなかで守られている。その巣は鉄のトネリコの木の高みにあって、その木は鉄の森の中央にあって、その森は死者の世界《ゴーストワールド》にある。おまえたちがその呪いから解《と》き放《はな》たれるためには、わしの弟子が巣から呪いの骨を取りだして打《う》ち砕《くだ》かなくてはならない。わしがそのようにすべてを仕組《しく》んでおいたからな。だが、わしの弟子はわしのもとにはこない。そして死者の世界《ゴーストワールド》に足を踏み入れることもない」

　いざクズマを目の前にすると、狐にかまれた子はそれまでの怒りをすべて忘れ、恐怖と希望しか感じられなくなった。「もうしわけありませんでした。あなたをおどかしたりして」狐はいった。「どうぞ、許してください」

「わしが許したところで、呪いが解けるわけではない。わしの弟子しか呪いを解くことはできないのだ。弟子に死者の世界《ゴーストワールド》に続く道を歩かせることはできる。そうすれば、弟子は魔法使いになる。だが何も知らないから、わしのもとにくるしかない。教わるべきことをすべて教わりにな。だがあの弟子をわしのもとにこさせるには、おまえにひと働きしてもらわねばならないのだ、狐にかまれた子。わしの手助けをしろ。そうすれば、おまえたちにかけた呪いは解ける」

　狐にかまれた子は雪をみつめて考えた。クズマは、ぼくたちを狼の姿から解放したら、次はどんな姿にするつもりなんだろう。「約束していただけますか」

「わしは約束などしない。呪いの骨を砕くのはわしの弟子だ。そいつに約束させるがいい。約束に関していえば、弟子のほうがわしよりはあてになる。だが、わしが力を貸さなければ、おまえはそいつに話しかけることはできない。夏になって、人の言葉が話せるようになってもな。そもそも、わしの弟子がだれか、知りようがないだろう。どうやって知る？」

「何をすればいいか教えてください」

「もうひとつ、おまえたちに魔法をかけてやろう。おまえたちの毛を鉄の槍《やり》のように固くしてやる。そうすれば、おまえたちのまとっている毛皮は岩のようになり、おまえたちの骨は折れることがなくなる。だから、ある村にいって通りで吠えろ。小屋から羊や子牛やニワトリをさらってこい。肉屋から肉を盗《ぬす》め。子どもにかみつけ、女を追いかけろ。猟師が襲ってきたら、襲ってやれ！」

　狐にかまれた子は思わずにやっと笑った。家に住んでいる憎いやつらに仕返しができる。「本当に、傷つかない体にしてもらえるのですか。もしそうしてもらえれば、村中の人間にかみついてやります！」

「いや、おまえはかみつかなくていい。それは仲間にまかせておけ。おまえはわしといっしょにきて、いくつか学んで、わしの使者になってもらう。死者の世界《ゴーストワールド》にいく道を教えてやる」

　狐にかまれた子は目を見開いた。顔から血の気が引いて、こわばっていく。仲間がやってきて肩に腕を回してきた。「やめてください」狐の姉がクズマにいった。「わたしたちの多くが死者の世界《ゴーストワールド》にいってしまいました。このうえ、狐までそんなところに連れていかないでください」

「狐、そんなやつのいうことをきくな」狐の兄がいった。「罠に決まってる。狼になったって、まだ生きているだけましだ」

　しかし、狐にかまれた子はまっすぐクズマをみつめた。クズマは黒い目で狐の目をみていった。「わしがおまえに教えてやるのは、死者の世界《ゴーストワールド》の門までいく道だけだ。重い病気にでもなれば、知ることになる道だ。狐、それをわしから学べ、さもないと、何も教えてやらんぞ。わしの弟子の名も、どこにいるのかもな」

「ぼくの仲間を守ると約束してください。どんな罠もどんな武器もぼくたちを傷つけられないようにしてください。ぼくたちはもうたくさん死んでしまったんです」

クズマは笑った。「わしの約束を信じるか？」

「約束してください」

「約束してやろう」

「なら、いっしょにいきます。そして死者の世界《ゴーストワールド》にいく道を覚え、あなたの使者になります」

クズマは人々の頭にさわり、犬の毛をなでるように、その髪をなでていった。ひとりずつ、そんなふうになでながら、鋼《はがね》のナイフのようにかたくなれと毛に歌いかけ、鉄のようにかたくなれと皮膚に歌いかけた。狐にかまれた子は目をこらしてみていた。クズマの手が触れると、狼のとがった耳と耳の間から灰色の毛が生え、それが背中に広がっていく。みるみるうちに、仲間はみんな狼にもどっていった。

「小さな兄弟たち、小さな姉妹たち」クズマは呼びかけた。「目が覚めると、一羽の大ガラスが現れる。それについていけ。おまえたちが襲う村まで導いてくれる」クズマが立ち上がると、白クマのコートが足元に落ちた。クズマは狐にかまれた子を指さした。「だが、おまえはわしの後についてこい」

狐にかまれた子ははっと顔を上げて、自分も狼の姿にもどっているのに気がついた。そして暗い気持ちで、耳を伏せ、尻尾を引きずるようにして、クズマの熊の爪のあるブーツを追いかけ、ひとつの夢から出て、もうひとつの夢のなかに入っていった。狐とクズマにはしばらく、この話からはずれてもらおう（と猫は語る)。死者の世界《ゴーストワールド》にいく道を行き来できるのは魔法使いだけだ。魔法使いは放っておくのがいちばんだ。

ほかの狼たちは、狐にかまれた子が立ち去る夢からさめてみると、狐にかまれた子はいなくなっていた。それをみて、さっきの夢は本当だったことを知り、自分たちを導いてくれることになっている大ガラスをさがした。暗い空のなかに黒い鳥をみつけるのは難しかったが、やがて大ガラスは近くの雪の上に舞い下りてきた。狼たちは立ち上がって体を伸ばすと、一列になって雪の上を駆け、何キロも、飛んでいくカラスの後を追っていった。その先にある村にはマリュータがいたが、ひとりきりで、アンブロージはいなかった。

村はほとんど雪に埋もれていた。雪は家の壁のまわりに深く積もり、木の屋根にも吹き寄せていた。雪のなかに掘った道は家畜小屋《かちくごや》や倉庫や、共同浴場《きょうどうよくじょう》や凍った井戸などに続いている。狼は村を遠巻きにして笑った。鋭い歯の間から舌をたらしている。それから吠え声を上げ、ぞっとするような別れの歌をうたった。それは死者の世界《ゴーストワールド》に向かっている狐にかまれた子を導く歌であり、村人たちに自分たちがやってきたことを告げる歌でもあった。

それからの日々、村人たちは寒いなかを、暖かい家から出て、寒い倉庫にやってきては、倉庫の戸がこじ開けられているのをみるはめになった。まわりに雪がどんなに積もっていようとまったく関係なかった。革で作った蝶番《ちょうつがい》は食いちぎられ、戸には爪の跡があった。棚に置いてあった肉や魚は床に落とされ、踏みつけられ、かじられ、持ち去られていた。倉庫の前には多くの足跡が何重にも残っていた。戸の木枠には狼の灰色の毛がみつかった。夜になると、冬景色にまぎれてしまいそうな村のまわりの空や丘に、倉庫を襲った狼たちの勝《か》ち誇《ほこ》った吠え声が響いた。村人は怒り、恐れた。

　狼は毎晩やってきて、村人が冬の間食べるために保管しておいた食料を食い荒らしていった。村人が番をしていても、灰色の狼たちは闇にまぎれてやってきて、身構《みがま》え、歯をむき出し、恐れて大鎌《おおがま》やナイフを振り上げる村人を威嚇《いかく》した。村人の投げた斧が横腹に命中しても、からかうように飛び跳ねて逃げていき、肩ごしに振り返ってあざ笑った。傷ひとつ負っていなかった。

　狼たちは次第に大胆になっていった。村の通りを歩き、家の玄関の前に座っているところはまるで飼い犬のようだった――が、だれもなでたいなどと思わなかった。村人は家の二重窓や外側のドアの隙間から外をのぞいては、いったいあの狼たちは何を待っているんだろうと首をかしげた。村人たちはそのうち家から出るのがこわくなってきた。斧や包丁を持って、おそるおそる玄関から出ては、村にとりついた狼たちの姿が闇と雪の薄明かりのなかを走り去るのをみると、またなかにもどってくるのだった。

　狼たちはやってきて、ドアを爪で引っかいた。うちのなかでは家族が恐ろしそうに身を寄せ合っていた。ドアの蝶番《ちょうつがい》が鉄でなくて革だったら、狼たちは食いちぎって、家のなかに入ってきて、火にかけてある食べ物を奪い、もっと柔らかい肉がほしければゆりかごから赤ん坊をさらっていくかもしれない。

　狼たちは玄関のドアを引っかき、窓から顔をのぞかせ、雪の積もった屋根の上を歩き回り、煙突《えんとつ》からうなり声を響かせた。そして毎晩、村のまわりで恐ろしくも美しい合唱をきかせた。何かを祝っているような歌だ――と村人たちは思った――が、何を祝っているのか、知るのが恐ろしかった。

　村人たちはなんとかしようと集まることにした。どの家からも代表が出てきた。両側が雪の壁になっている凍った道を歩いて、肩ごしに狼が近くにいないことを確かめながら、村長の家にやってきた。そこではマリユータが隅で小さくなっていた。家はすぐに天井まで、熱と話し声と、獣脂《じゅうし》のロウソクの燃えるにおいと、ウォッカの香りでいっぱいになった。黄色い光が、丸めた肩や、編んだ髪や、ヒゲや、ブーツや、コップを照らしている。

「あの隅っこにいるのは――あれは、マリユータじゃないか!」だれかがいった。「マリユータは猟師だ。そうだよな。おれたちはここで狼に襲われてるんだ。重いけつをあげて、なんとかしてくれりゃいいのに」

村長がひげと鼻をかいていった。「息子が……」

「ああ、息子がな。だが、だれだって息子のことには頭を悩ませているじゃないか」

「まったく、子どもってのは親の悩みの種だ」ほかの男がいった。

「おい、マリユータ――マリユータ!　あの狼、いったい、どうすりゃいい?」

部屋の隅にいたマリユータは顔を上げた。村のまわりで狼がほえているのは知っていたし、村人たちが食料を盗まれた、狼が道に出てきたというのもきいていた。しかし、頭のなかは心配と後悔《こうかい》でいっぱいで、ろくに注意を払っていなかった。冬になれば、狼が群れをなして村のまわりをうろつく。いつものことだ。

「そろそろ、あいつらを罠で仕留めてくれよ、マリユータ。村のみんながひとり一着毛皮のコートをもらえるくらい狼がいるんだ!」

「何か手を打たないと、わたしたちの冬のたくわえを全部奪われてしまいます」女がいった。

マリユータはうなずいた。村人たちがどんなにおびえているか、いままで気づかなかったのが少し恥ずかしかった。「罠を仕掛けてみよう」

「ありがたい!」男がそういって、コップを軽くテーブルに打ちつけた。みんながマリユータに狼のことを話した。やつらは人の言葉がわかる。家の外で聞き耳を立てて、倉庫にいくとか家畜小屋にいくとか話すのをきいて、待《ま》ち伏《ぶ》せするんだ。

マリユータは話をきいてほほえんだ。狼のことならよく知っているし、どんなふうに話が大きくなっていくかも知っていた。「それなら、どんなふうに罠を仕掛けるかは話さないほうがいいようだ。狼たちにきかれているとまずい！　何もいわずにやることにしよう」

次の日、マリユータは仕事に取りかかったが、いやな予感《よかん》がしてならなかった。襲われたいくつかの倉庫の近くに罠を仕掛けることにした。またやってくるところをつかまえるつもりだったのだ。まず固い地面に穴を掘って、まっすぐに柱を立てた。柱の先はとがっていて、そのすぐ下に細い刻《きざ》み目《め》が入れてある。柱の先に餌を突き刺しておくつもりだった。そうしておけば、狼たちがやってきて柱に飛びついて先のほうをひっかく。そのうち一頭の狼が刻み目に前足の爪をひっかける。いったん引っかかると爪ははずれないので、狼は宙《ちゅう》づりになる。そこへマリユータが出ていって、仕留める。

もう何度となくこの罠を仕掛けてきたが、今回のように狼に取り巻かれて仕掛けるのは初めてだった。狼たちはこちらをながめて、笑っているようにみえる。マリユータは仕事の手を止め、先端に鉄の筒をはめた杖で何度も追い払った。狼たちは散って、少し遠くまで駆けていくと、またすぐにもどってきた。村人たちの話は思いのほか当たっていた。どうみても普通の狼とはちがう。

マリユータはばねを使った罠も仕掛けようと、足跡がたくさんついていて、狼たちがよく歩く場所をさがした。それから村長の温かい家にもどって、ほっとした。普通の狼とちがって怖いもの知らずの連中のようだから——すぐに罠にかかるだろうと思ったのだ。

ところが一頭もかからなかった。そのうえ餌はきれいになくなっていた。狼は相変わらず村の道を歩いて、ヒゲの生えた顔を窓に押しつけてなかをのぞいている。屋根の上からは爪の音がきこえ、あちこちの屋根からいっせいに歌うところは、まるで丘の上にでもいるかのようだ。

　マリユータはスキーをつけて、村はずれに罠を仕掛けることにした。家のたっているところでは注意深いが、ほかのところならそれほどでもないだろうと考えたのだ。ところが気味が悪いことに、狼が後をついてきて、罠を仕掛けるところをながめるので、マリユータはがっかりして肩を落とした。そしてあとで罠をみにいってみると、やはり狼たちがまわりでながめていた。餌はきれいになくなっていて、どの罠にも灰色の毛一本はさまっていなかった。

　マリユータは村長の家で一服《いっぷく》すると、心を決めた。今度はスキーをつけて、あの狼たちを追いかけてやろう。先端に鉄の筒をはめた杖とナイフを持って。

「怖くないんですか、狼を追いかけるなんて。それもひとりで」村長の娘がたずねた。

「怖くないなんてやつがいたら会ってみたい。狼だって命がけだ」マリユータが答えた。「だが狼は人が追いかければ、逃げられるだけ逃げるもんだ。そしてどうしようもなくなってはじめて、向かってくる。だが落ち着いて戦えば、人間が勝つ。たしかに狼はかみつくし、あごの力も強いから、かまれれば傷は深い――が、狼は熊とはちがう。だから、怖いことは怖いが、それは用心したほうがいいという意味での怖さなんだよ、お嬢さん」

　しかし、それは本心ではなかった。マリユータは恐ろしくたまらなかったのだ。スキーをつけて、ひとりで狼を狩ったことは何度もあったが、もう年だし、なにより、人の後からついてきて、何をしているか観察するような狼にはお目にかかったことがない。心臓がしめつけられるような気がした。今回の狩りが最後の狩りになりそうな予感がする。そしてなにより不安だったのは、息子のアンブロージに二度と会えないのではないかということだった。

しかし、どうしようもない。自分は猟師だし、村の人々は助けてほしいといっている。これまで世話になってきて、それを断ることはできない。

スキーと杖を持って外に出てみると、狼は一頭もいなかった。マリュータは首をかしげた。そして村人たちが深く積もった雪を掘って作ったトンネルのような道を歩いていき、村を後にすると、足を止めてスキーをつけた。右足には長いほうを。それから先端に鉄の筒をはめた杖で雪を突いて、滑っていった。村はすぐに闇と静寂《せいじゃく》のなかに消えていった。

狼たちが現れた。闇のなかからするりと出てきて、マリュータをみた。黄色の目もあれば、氷のように白い目もある。それからまた薄暗がりのなかに消えた。

マリュータは老いていたが、まだ一日に六十キロくらいはスキーで走ることができた。狼たちは十キロ、二十キロ、三十キロ、四十キロ、五十キロと、村から離れていった。すぐそばで雪の結晶がちらちら光っている。ところが少し前のほうでは、雪の光が闇と混じり合って暗くなり、その少し先、そのもっと先のほうでは、さら闇が深くなっている。雪の上を滑って村から離れるにつれて、暗闇が背後から忍び寄り、マリュータを静寂のコートで包みこんだ。

雪明かりの沈黙のなか、狼たちは逃げるのをやめた。獲物を追うときのように声を上げず、くるりと向きを変えると、ちらちら光る闇のなかを走って、マリュータの背後と両脇と前をふさいだ。

マリュータはスキーを斜めにして止まった。狼が獲物を追うところをみたことはあるが、まだ一度も狼に追われたことはない。狼たちがあざ笑うかのように、ゆっくり間合《まあ》いを詰めるのをみて、マリュータはトナカイの幼い子どものように震えあがった。

　マリュータはナイフを抜きながら、杖を握りしめ、飛びかかってくる最初の狼の背中をなぐりつけようと構えた。人間から逃げようとしない狼は初めてだったが、目の前にいる狼たちにまったく逃げるつもりがないのはわかっていた。

　一頭の狼が素早く駆けてきたが、マリュータがそれに備えて構えているのをみると、軽く跳んで横に逃げた――が、もう一頭が別の方向から走ってきた。冷ややかな青い目。目を縁取る毛には、マリュータのひげと同じように、氷の結晶がこびりついている。黒い唇から白い牙が光る。

　マリュータはとっさにふり向き、体をよじりながら、一頭にナイフを、もう一頭に杖を向けた。スキーをはずす余裕があればと思った。スキーは雪の上を速く滑るには便利だが、接近戦には邪魔だ。しかし、狼の数は多く、しなやかで動きが速い。マリュータが一頭を杖でなぐると、もう一頭が飛びかかってきて、ブーツの上の太腿《ふともも》に激しくかみついた。そして歯をくいこませ、背中と肩に全身の力をこめてマリュータを引き倒そうとした。狼がトナカイを仕留めるときのやり方だ。

　マリュータは痛みと恐怖に叫び声をあげた。太腿の肉が牙で引き裂かれていく。マリュータは何度も必死に杖でなぐったが、狼はいっこうに平気で、歯をゆるめることはなかった。

　そこへ三頭が駆けてきて、所かまわずかみついた。二頭はすぐに離れたが、一頭は杖を持っている腕にかみついた。それにもう一頭が加わった。狼が本気でかみつけば、決してはずれることはない。狼たちは腕をくわえて引っぱった。マリユータは雪の上に引き倒された。白い雪が赤く染まった。

　マリユータはもう片方の手に持ったナイフで切りつけたが、狼の体には傷ひとつつかず、ナイフが折れてしまった。

　マリユータはまた叫び声を上げ——静寂以外なにもない空の下で唯一の音だった。狼たちはこそりとも音を立てない。若くて大きな狼が、くわえていたマリユータの脚を放し、ナイフを持っている腕にかみついた。もう一頭がマリユータの胸にはい上がると、重い前足を置いて、むき出しの喉のほうに伸ばした。ほかの狼もまわりに集まってきて、かみつき、引き裂き、マリユータの体を引きずり回した。雪に血が散った。マリユータは何もできない子牛のようだった。

　狼たちがマリユータから離れて散っていき、少し離れたところにしゃがんだ。雪原のむこうから一頭の熊が足早にやってきたのだ。北の白い熊は後ろ足で立ち上がるとクズマの姿になった。そして体からたれ下がって所々ひだになっている熊皮の分厚いコートを引きずるようにして、大股《おおまた》でやってくると、マリユータのそばにしゃがんだ。マリユータは雪の上で、まだあえぎながらもがいていた。狼たちはそちらをながめながら、血に濡れた鼻面《はなづら》や足をなめている。

　クズマの目の前で、マリユータのまわりの雪がまっ赤に染まっていたが、血が氷の結晶に吸いこまれていくうちに、あわいピンクに変わっていった。クズマが少し顔を上げると、白い雪原が遠くまで広がり、その先はかすかに明るい闇になっていた。見上げるとどこまでも暗い空に、白く無関心な星々がまぶしく輝いている。「黒と白と赤だ、マリユータ」クズマがいった。

　マリユータの意識は闇のなかに消えつつあった。血が雪の上に流れ出ていく。罠で仕留めてきた数多くのクロテンや狐や狼と同じだ。しかし、呼びかけたのがクズマだということはわかった。マリュータは話しかけようとしたが、声が出なかった。代わりに手を伸ばして、クズマの手を求めた。

　クズマはその手を取らず、雪をすくい上げると、ぽっかり開いたマリュータの口に落としてふさいだ。こうすれば、最後の息とともに体から抜け出すはずの魂を閉じこめることができる。クズマは死体のそばに座り、歌をうたった。マリュータの頭のまわりに言葉で網を編み、マリュータの髪やひげや体に言葉を貼りつけて、魂を閉じこめてしまった。呪文を唱え終わると、クズマは雪の上に落ちていたナイフを拾い上げた。大きく重いナイフだ。クズマはマリュータの髪をしっかり握ると、一度、二度、三度、重いナイフを振り下ろして、マリュータの首を切り落とした。狼たちはその音をきいて、逃げていった。

　クズマはマリュータの首をかかげると、舌先を鳴らして呼びかけた。狼たちの輪の後ろから、別の狼が駆けてきた。若く、毛のふさふさした灰色の狼だ。狼は走ってやってくると、氷のように青い目でクズマを見上げた。

　クズマは首を雪の上に放っていった。「持っていけ」すると狼は髪をくわえて首を持ちあげた。「さあ、わしの弟子をみつける方法を教えてやる」

第七章　クズマの使者

覚えているだろうか（と猫はたずねる）、アンブロージがひとりで雪原へいったことを。さまよい歩くアンブロージの居場所を知ることができるのは魔法使いだけだ。

銀色の光がちらつく黒い空が上から雪原をにらみつけ、凍りついた雪原の表面は冷たい星が複雑な模様を描いていた。空気は、音も立てずに弾《はじ》ける氷の結晶でぴりぴりしている。あらゆる方向に、どこまでも、黒い空と白い雪原が広がっている。この凍てついた静寂の荒野に、アンブロージは毛のふさふさした青い目の犬たちといっしょに暮らしていた。

獲物の毛皮は必要なかった。たまに仕掛けた罠のことを思い出すと、いってみて、クロテンや狐がかかっていたら、食べた。鳥を射止めたり、川の氷の下の魚を捕らえたりすると、必ず獲物の霊に感謝をささげ、骨は水のなかか地面の下にもどした。

狩りをするのは大変だった。熊やクロテンがどこにいってもつきまとってきた。寝ているときも起きているときも同じだった。クロテンは耳元で甲高い声で話しかけ、名前を呼び、命令し、思い通りにさせようとした。熊は暗いなか、凍りついた雪の上を追ってきた。アンブロージを助けてくれそうな者などどこにもいない。アンブロージが走れば、熊も走ってアンブロージをつかまえ、爪で引き裂いて、ずたずたにして、首をかみ切り、腕も脚もかみちぎって、人間の言葉でこういうのだった。「体が元通りになったら、魔法使いになるだろう」

アンブロージがまばたきをすると、頭は首の上についていて、腕も脚も元通りにくっついていた。「夢だったんだ」アンブロージは思った。「恐ろしい夢だった」ふとみると、あちこちに傷があった。指、手首、足首、肘、どこも縫い合わせた跡がある。

道具を取ろうと手を伸ばせば、道具は逃げていったり、クロテンに変わってかみついたりした。連れている犬までがアンブロージをにらみつけて人の言葉でいった。「ここはおまえのいるところではない！」見慣れない人影がいくつも、闇と雪明かりのなかから浮かび上がってきて、体を寄せて小声で話しかける。しかし、アンブロージには何をいわれているのかわからない。人影の吐く息は、氷盤《ひょうばん》から吹いてきた風だった。

アンブロージはほとんど飲まず食わずだったのでやせ細り、眠ることもできず、寒くてたまらなかった。暗いテントのなかで犬たちといっしょに横になると、テントの入り口のおおいが開く音がした。マリュータだろうと思って小声で話しかけることもあれば、熊だと思って何もいわないこともあった。クロテンは決して離れることがなく、いつもかみついてきては、甲高い声を上げた。マリュータは、それがクロテンではないことを知っていた。ところが火が燃え、オイルランプが灯ると、それはマリュータでもなければ熊でもないのがわかった。狼だった。若い雄の狼で、灰色の毛におおわれ、氷のような青い目をしている。

狼は口に何かくわえていた。かなり重い物らしい。狼は足をふんばって、くわえているものは腿にぶつかっている。狼がトナカイの皮の上に落とすと、それはアンブロージのほうに転がっていった。人の首だった。もじゃもじゃの黄ばんだ白髪におおわれている。アンブロージは手を伸ばして、その首をつかんで回した。顔がこちらを向く。大きく開いた口に雪が詰まっていた。

アンブロージは長いこと、片手につかんでこちらに向けている首の顔をみつめていた。その顔には見覚えがあったので自問した。なぜ体から切り離されて転がる、滑稽《こっけい》で恐ろしい顔に見覚えがあるのだろう。しかし、マリュータはその年老いた四角い顔を知っていた。髪やひげがぼうぼうに生えているところは、まるで四角い顔の老いたテリア犬だ。

長い間ながめて、やっとわかった。父親の首、マリュータの首だ。

アンブロージは首を両手に持って上げると話しかけた。「父さん……ひとりぼっちで残してきた父さん。ぼくが壁になって守ってあげなくちゃいけなかったのに、ぼくが火になって温めてあげなくちゃいけなかったのに……父さんはいつもそうしてくれたのに。いまのぼくに何をしてあげられるんだろう。いまのぼくに」

狼は口を開けて、長く赤い舌をたらしていたが、その舌で黒い唇と白い歯をなめ、人の言葉で話しかけた。さっき犬が話しかけたように。

「その首はクズマに渡されて運んできた」狼がいった。

アンブロージはそちらを向いて、狼をみた。

狼は立ち上がり、近寄ってきて、長い鼻先でアンブロージが持っている首をつついた。「クズマからの伝言《でんごん》がある。おまえの父親は死んだ。しかし、この世界にとどまっている。クズマがその魂を呪文の網で捉《とら》え、その首のなかに閉じこめたからだ。クズマからの伝言はこうだ。父親を死者の世界《ゴーストワールド》に送りたければ、おまえが連れていくしかない」

かすかに何かが揺れたような気がして、アンブロージは横のほうに目をやって、はっと体を起こした。父親が、マリュータがたき火のむこうに座っていたのだ。

顔はテントの外の雪のように白く凍っている。唇がすぼまって、歯の形がくっきり浮かび上がっている。目はアンブロージのほうを向いているが、その目には光もなければ、意識もなかった。体の輪郭《りんかく》がたき火の加減《かげん》で揺れたり、薄れたりしている。そばにいる犬も狼も、その恐ろしい姿から身を引いた。アンブロージも背中や首のうぶ毛が冷たい風に逆立《さかだ》つのを感じた。

アンブロージは父親の魂に目をすえていった。「死者の世界《ゴーストワールド》にはいきたくないんです。いかなかったら、どうなるんですか」

「いかなかったら」狼が答えた。「おまえの父親はこの世界にとどまったままになる。この世界で死んだまま、ほかにいくところはない。すべてが失われてしまう。おまえへの愛も消えてなくなる。おまえへの思いやりも消えてなくなる。声も、言葉も、笑いも、恐れも、父親を作りあげていたすべてが消えてなくなる。この世界で肉体がなければ、魂は風に吹かれ、粉々になって散ってしまう」

狼は自分の言葉の力を感じ、それを理解しているかのように、頭をのけぞらせて吠えた。犬たちは自分たちが昔、狼だったことを思い出して、鼻を鳴らし、吠えた。その吠え声はいつもさびしそうだが、すぐそばできくと、悲しくてたまらなくなる。アンブロージは体を震わせ、涙を流しながら、父親の揺れる姿をみつめた。

「しかし、死者の世界《ゴーストワールド》にいく道など知らない」アンブロージはいった。

「ぼくが知っている」狼がいった。

アンブロージが、もっさりした白髪をつかんで首を持ちあげると、手にずっしり重みが伝わった。アンブロージは雪を溶かした水で、ていねいに血とよごれを洗い流し、指で髪とひげをすいた。そうやってきれいにしながらずっと、アンブロージの顔を伝った涙が父親の首に落ちていた。たき火のむこうから、マリュータの消えかけた魂がこちらをにらんで、にやっと笑った。

「じゃあ、死者の世界《ゴーストワールド》にいかなくちゃ」アンブロージはいった。「クズマの勝ちだ」

「ぼくが案内《あんない》をするけど、そのかわりにしてほしいことがある」狼がいった。

アンブロージは狼をみた。「何をすればいい？」

「死者の世界《ゴーストワールド》には鉄の森がある。鉄の森のなかには鉄のトネリコが生えている。鉄のトネリコにはクロテンの巣があって、その巣には骨がある。呪いの骨だ。死者の世界《ゴーストワールド》に連れていくから、その骨をみつけて、砕いてほしい」

「なんでもする」アンブロージはいった。「父さんの魂が安らかに眠れるなら、なんでもする」

「じゃあ、いこう」狼はそういうと立ち上がって、テントの入り口のほうに歩いていった。

　アンブロージは父親の首の髪の毛をつかみ、狼の後について、暗く寒いなかに出ていった。上にはコートも何も着ていない。寒さが鋭い牙のようにかみついてきた。

　狼はアンブロージの前に立って雪の上をきびきびと歩き、一本の道に向かった。その道は、いくつもの世界――それがだれの夢であれ――そこから死者の世界《ゴーストワールド》に続く道だ。しかし、死者の世界《ゴーストワールド》はだれの夢でもない。

第八章
死者の世界《ゴーストワールド》に続く道

死者の世界《ゴーストワールド》に続く道は一本しかないかのようにいわれている（と猫は語る）。しかし、そこに続く道は何本もある。われわれはみんな、そのうちの一本を一度だけ旅することになるのだ。ただ魔法使いは旅するたびにいろんな道を選ぶことができる。その道は、夢でみる道に似ているかもしれない。とても険しく、岩のごつごつした山道のようなもので、イバラが茂り、滝《たき》の音がうるさく響いているかもしれない。また森のなかに消えていく道かもしれない。広く快適《かいてき》な山並みを通る道かもしれない。

ごく簡単にその旅の話をすますこともできる（と猫は語る）。たとえば、こうしてアンブロージと狼はその道を歩いて死者の世界《ゴーストワールド》までいき、ようやく、死者の世界《ゴーストワールド》の門までやってきた、とか。しかし、その旅は時間の内を歩き、時間の外を歩く旅だ。どれだけ語っても語りきれないほど長い旅だが、息ひとつする間に語りきれる短い旅でもある。

アンブロージはスキーもつけず、雪の上を、星の下を歩いていった。吹きつける風は、それまでにその道を歩いていった人々すべての息だ。目を閉じたマリュータの首を片手に持ち、目の前を大きな灰色の狼が駆けていく。後ろをついてくるぼんやりした姿のマリュータは黙って、顔をこばらせ、前をにらんでいる。

アンブロージは振り返ろうとはしなかった。マリュータの亡霊に、父親を思い出させるものは何もなかった。

足の下の雪の道は細く細くなって、陸の突端《とったん》までやってきた。闇は大きく広がり、星は下にも上にも輝いている。その細い突端の先から、橋が弧《こ》を描いて空にのびている。オーロラに似て、氷のような青と、緑と、夜明けの薄い赤にうっすら輝いている。その橋のむこう、その色のむこうに星がまたたいている。

狼が飛び乗ると、軽い足で踏まれた橋が悲鳴をあげた。狼は振り返って、アンブロージを待っている。しかし、アンブロージは立ち止まって膝をつき、橋をながめた。薄い色の橋は、闇をおおうガーゼのようだ。それをすかして、その下に広がっているのは無数の銀河が広がる黒い空間だ。闇があまりに深く、どこまでも広がるのをみて、アンブロージは凍りつき、冷静になった。

狼が鼻を鳴らしたが、アンブロージは永遠の輝きから目が離せない。

狼がもどってきて、人間の声でいった。「まだ先は長い」

「この橋を渡ることはできない」

「ぼくは渡れる」

「きみはクズマの仲間だから渡れるんだろう」

狼はアンブロージの後ろをみていった。「この道は引き返せない」

アンブロージも後ろをみた。星がまぶしく輝いている。ここまで歩いてきた陸はどこにもない。おそらく、この橋がかかっている星と星の間の闇に落ちてしまったのだろう。

「父親をみろ」狼がいった。「星から吹いてくる風に震えている。もし死者の世界《ゴーストワールド》にいけなかったら、この何もないところで消えるしかないんだ。煙のように」

アンブロージはふり向いて幽霊をみようとはしなかったが、立ち上がり、橋に足をかけた。薄い橋は足の下で揺れたが、すぐにぴんと張って、アンブロージを受け止め――うなりを上げはじめた。風に吹かれるロープのようなうなりだ。単調なうなりがまわりで響きだし、アンブロージは橋の上に立ったまま、まぶしい銀河の渦と底知れない闇をみつめた。その光景と音で、また足がすくみそうになったが、首を振って、狼の後を歩き始めた。狼はこちらをみて鼻を鳴らしていた。

アンブロージが橋を歩いていくと、音が高くなったり低くなったりした。橋が上向きに弧を描いているのが足で感じられる。そして上までくると、巨大な美しい木がみえてきた。冬の木のように葉が一枚もない。その巨木は何もない闇からそそり立っている。月の光を浴びて、薄い鋼色《はがねいろ》に染まり、星を散りばめた暗い空を背景に輪郭がぼんやりと浮かび上がっている。

枝の間にきらめく星は、季節外れのまぶしい果実のようにみえる。アンブロージが立ち止まると、うなりのような橋の音が一定になったが、ほかの音が、遠くから不気味に響いてきて、鼓膜《こまく》を震わせた。数千の星のひとつひとつが、闇のなかで回転しながら、透きとおった、氷のような、高い音を立てて、それが橋のうなりと混じり合い、それがほかのすべての星の音と触れ合い、響き合っている。冷えきった、ぞくぞくするような、呼びかけの和音。胸をざわめかせる不協和音《ふきょうわおん》。天体の音楽。

　アンブロージは何もいわず立ちつくしていた。永遠ともいえる時間、耳を傾け、一瞬ごとにかわる星の合唱をききながら、立ち去れないでいた。そうか——アンブロージは思った——こうやって魔法使いは自分たちの音楽を学び、その音楽ですべてのものを思い通りに操《あやつ》れるようになるのか。アンブロージはいつまでもそのままでいたかもしれない。しかし、狼がもどってきて上着の端をかんで引っぱった。アンブロージがまた、ゆっくり、重い足で歩を進めると、星々の歌声のなかで橋のうなりの調子が変わり始めた。アンブロージは狼の後をついていった。

　橋は下りになって、風が狼の毛を波立たせ、アンブロージの髪を吹き上げた。風の音に混じってほかの音がきこえる。洞窟《どうくつ》に響く波の音だ。やがて星の歌声は遠のいて、この海の音にまぎれてしまった。次第に大きくなってくる海の音は、やさしいと同時に恐ろしげだった。というのも、そのやさしさにどんなたくらみが秘められているのかだれにもわからないからだ。風がにおいを運んできた。狼もアンブロージもよく知っているにおい——血のにおいだ。

　橋が終わる寸前、下は急流だった。川はふたりのまわりの輝く黒い空の響きを運んできた。泡立ち、吠えながら、すごい速さで水が流れていく。血のにおいがした。それは血の川で、流れのなかで骨が転がり、ぶつかりあって、にぎやかな音を立てている。

　ふたりはその深い谷を、その川の上を渡りきり、闇の大陸に足を踏み入れた。橋から道が三本出ていたが、どれも一メートルほど先は暗くなっている。雪明かりもまるで役に立っていない。アンブロージはどの道をいけばいいのかわからず戸惑っていたが、狼は毛を逆立てながらも、いちばん細い道を歩き出した。

アンブロージは空いているほうの手で狼の首のごわごわした毛をつかんだ。闇のなかで置いていかれると困る。

まったくの闇のなかで、ふたりはびくびくしながら進んでいった。一歩間違えれば転げ落ちるかもしれない。落ちていく先は、橋を渡るときにみた底なしの谷かもしれないし――かたい岩の上かも、川かも、あるいはほかの危険な場所かもしれない。

歩いている間ずっとあたりは暗く――朝なのか夜なのかもわからず――アンブロージに感じられるのは、闇でみえない地面を踏む足の感触と、手に持った父親の髪の感触と、もう一方の手でつかんでいる狼の毛の感触だけだ。しかしそのうち、風がにおいを運んできた。何かが燃えるにおいだ。つんと鼻をつくいやな灰のにおいだ。

光がどんなものか、みえるということがどんなことなのかすっかり忘れた頃、前方の闇がかすかに赤らんできたかと思うと、いきなり燃えさかる火に変わった。それにつられて、ふたりの歩みも速くなった。それまで手の感触でしか確かめられなかった狼の毛が、目にみえるようになってきた。何かが燃えるにおいが強くなり、まわりに灰が落ちてくる。まるで雪のようだ。さらに進んでいくと、いくつものたき火をかこんでいる人影がみえてきた。かつて人だった人々だ。まだ人間らしい者もいて、アンブロージと狼がそばを歩いていくのをみつめている。ほかの人々は火から火に流れる煙のようで、何もみていないし、自分がどこに流れていこうと気にしていないようにみえる。

たき火のむこうに門があった。見上げるほど高く、頑丈《がんじょう》そうな黒い木でできていて、鉄の縁取りがついている。蝶番《ちょうつがい》がどの側にもついていて、いろんなふうに開くようにできている。壁も塀《へい》もなく、しいていえば、闇が壁か塀だ。しかし、門のまわりを歩くことはできない。死者の世界《ゴーストワールド》へは、この門から入るしかない。門まで続いている細い道の両側は切り立った崖だ。

近づくにつれて、アンブロージの足は遅くなり、やがて止まった。自分はまだ生きている、死んではいない。門は開いてくれないかもしれない。それに、アンブロージ自身、門のむこうにあるものをみたいとは思わなかった。

手に持っている父親の首がずっしり重い。

もう片方の手の下で、狼が恐怖で震えだしたのがわかった。地面にうずくまるようにして、耳を後ろに寝かせている。「ここまで連れてくるのがせいいっぱいだ。なかには入れない。魔法使い以外の者にとって、この門は開いて閉じたらそれきりなんだ。ここで待っている。帰りの道は案内する」狼は顔を上げてアンブロージの手をなめた。「呪いの骨を忘れないでくれ」

アンブロージは閉まった門の前で黙って立っていた。この門は開かない。アンブロージが生きていて、門を開ける方法を魔法使いから教わっていないからだ。

それに、父親の亡霊《ぼうれい》を無事に向こう側に届けたいものの、門が開くのは怖かった。心臓の鼓動が速くなり、縮《ちぢ》んでいくような気がして、息が荒くなり、顔は青ざめてきた。この門が後ろで閉まって、死者とまだ生まれていない者ばかりの世界に閉じこめられ、永遠にさまようことになったらどうしよう。

閉じている門の前で、生きているものたちの世界からはるか離れたところで、アンブロージは行くこともどることもできず、底知れない孤独を感じていた。そのとき後ろにいたマリュータの亡霊がふらりと前にでてきて、門が開いた。アンブロージはあわてて、父親の後をついていった。門が閉じるまえに。

門のなかは薄明るく、黒々とした木々の影が交錯《こうさく》している。消えかけている細い道が一本、鉄の森のなかに続いている。たくさん人がいる。道に座っている者もいれば、立っている者もいる。森の暗闇に目をこらしているだけで、なかに入っていく勇気のない者もいれば、自分たちの前では二度と開くことのない門をみつめている者もいる。マリユータはそんな人々の間で立ち止まった。アンブロージも立ち止まった。まわりは死者ばかりだ。

森から漂ってくるのは、何かが燃えるにおいと、ローズマリーとタイムの海の香りと――歌声だ。高く美しい声が力強い調べに乗って流れてくる。だれがうたっているのか、アンブロージには見当がつかなかった。人がこんな歌を人がうたうのはきいたことがないし、知っている鳥のなかにこんな歌い方をするものもいない。あの橋と星々の歌より温かく柔らかい。アンブロージはそこにとどまってきいていたかった。それは耳慣れない歌だからではなく、心が安まる歌だったからだ。

しかし、マリユータは死ぬまで猟師として生きてきて、人のいないさびしい場所に慣れていたので、消えてしまいそうな道を歩いていった。アンブロージも後を追った。そして鉄の枝の下をくぐるようにして、鉄の森に入った。

そこはじつに奇妙な場所だった。どの木も幹はなめらかで冷たい鉄だ。彫刻のような溝《みぞ》が刻みこまれ、剝《は》がれかけた粗《あら》い鉄の樹皮でおおわれている。枝についている葉もすべて鉄で、ふたりが踏む落葉も錆びた鉄、触れ合いこすれ合うと重い鉄の音で鳴った。この森のなかでは、落ちてくる葉がシンバルのような音を立てる！　森は鉄と錆のにおいがするし、小川を流れる水も錆で赤い。われわれの世界では草の葉は先が鋭いが、鉄の森の草は研《と》ぎすまされたナイフの刃のようだ。イバラのとげも鉄。ところが鉄の木や鉄のイバラに咲く花はとても華奢《きゃしゃ》で、鉄とは思えないくらい薄く、柔らかく、まるで絹でできているかのようだ。そして果実も食べられそうなほど柔らかい。

　マリュータは木々の間をふらふら歩いていきながら、手を伸ばして鉄のイバラから鉄の実を摘んで食べた。

　いまやここがマリュータの住む世界なのだ。鉄の森の影の下で、アンブロージはこの影は夢でみたことがあるのを思い出した。熊の声、クズマの声も思い出した。そして思った。死者の世界《ゴーストワールド》から出てもとの体にもどるつもりなら、鉄の果実を食べてはならないし、錆で赤い川の水を飲んではならない。

　ゆっくり歩いていくとまわりじゅうで流れていた歌声が低く低くなっていき、高く美しい歌声がそれにおおいかぶさるように流れてきた。これまできいたことのない素晴らしい歌だ。鉄の木々の枝から首をのぞかせたり、飛びだしてくる鳥たちは金と銀と銅の色に輝いていた。おそらく、この鳥たちが歌っているのだろう。

　アンブロージはもう父親の後をついていかなかった。マリュータはいってしまい、木々の間の闇のなかに消えて、歌声のなかにまぎれてしまった。アンブロージはひとりきりで、森のなかで、いてはならない世界で迷ってしまった。しかし、マリュータはここの住人だ。ここにいれば、それまでの過去も、考えも、生きていたとき頭に入れたことも何ひとつそこなわれることはない。おそらくマリュータは銀色の鉄のカバノキの根元で横になって眠り、そこでみる夢は、門の外にあるいくつもの世界で夢にみられるのだろう。

　アンブロージは時を忘れてさまよい、森中に響く歌声に耳を傾けているうち——一瞬のうちにか、あるいは永遠のすえにか——鉄の森の中心にやってきた。鉄のトネリコの木がそそり立ち、その先は上空の闇に包まれている。トネリコの木の根元には水たまりがあって、黒い水がまわりに生えている鉄の草の葉を映している。その水たまりのそばに、アンブロージは父親の首を置いた。

　トネリコの木の鉄の枝を見上げると、枝は月のような灰白色で、圧倒的な闇のなかでいまにも消えてしまいそうだ。アンブロージは鉄の幹に足をかけ、上の枝に手を伸ばすと、登り始めた。

　アンブロージが登っていった、と語るのは簡単だが、はるか上のほうまで、長い時間をかけて登るのは簡単ではない！　枝は、足をかけると冷たくかたく、手をかけると凍りつきそうになった。錆の雨が降ってきて、鉄の葉や小枝に当たって、すれるような、きしるような音を立てる。アンブロージが登り続けるうち、腕は体を引き上げることができなくなり、足は体を支えることができなくなった。死者の世界《ゴーストワールド》では、夢のなかと同じで体はないものの、実体のない体が現実の体と同じように感じられるからだ。アンブロージはひと休みすることにして、鉄の枝に座り、かたい幹に背中をあずけて、やむことのない音楽に耳を傾けた。ながめていると、金と銅の色に輝く鳥たちが鉄の小枝に舞い下り、それについているカエデの種に似たトネリコの種を揺らした。アンブロージはその木に住んでいるいろんな動物をながめた。

　リスが何度も目の前にやってきて、幹を駆け上っては駆け下りてきた。太く大きな鉄の枝には鹿《しか》の群れが住んでいて、雌や子鹿を率いる立派な雄鹿の角はまわりの鉄の小枝と見分けがつかない。ほかの枝には、ヤギ、ブタ、狼、オオヤマネコ、熊などがいた。といっても驚くことはない。鉄のトネリコほど大きな木はほかになく、これが世界の中心なのだから。われわれが知っているどんな世界も、われわれが夢にみるどんな世界も、すべてこの鉄の枝に引っかかった雲なのだ。

　この木には巣もある。アンブロージが登っていくと、いくつもいくつも巣が現れた。端整《たんせい》な丸い巣もあれば、不格好でみすぼらしい巣もある。どれもそれをつくった鳥や獣の習性《しゅうせい》に合ったものだ。そしてどの巣にも、これから生まれる子どもがいた。アンブロージがひとつの巣の縁からなかをのぞいてみると、小さな裸の女の子がいて、アンブロージがみたこともないような年老いた顔をのぞかせた。父親より、祖母より老いた顔だった。巣の底には、小石と羽根と骨がいっぱいあって、女の子はそれで遊んでいる。その子はアンブロージにいった。「まだまだ登っていかなくちゃいけないよ、シンヴァ！」

　アンブロージは本当の名前を呼ばれて、はっとした。まわりからきこえる音楽にまた新しい和音が付け加わったような気がして、アンブロージは巣に背を向け、また登り始めた。巣のそばにはかならず動物がいた。しょっちゅうリスが巣に木の実を放りこんだり、鳥がほかの鳥のために餌をくわえて飛んでくるのを目にした。休んでいるとしょっちゅう、動物たちが鉄の森の果実を持ってやってきた。アンブロージは空腹で喉も渇いていたが、体のない体が死者の世界《ゴーストワールド》の食べ物を口にしたら、死者の世界《ゴーストワールド》に自分を閉じこめてしまう。食べたい気持ちは強くなる一方だったが、アンブロージは動物たちから顔をそむけて、また登り続けた。

　登っていくうち、鉄の森のどの木よりも高いところまでやってきた。黒と灰色の鉄の葉や赤錆色《あかさびいろ》の鉄の葉におおわれた木々の梢が下にみえる。まわりでは死者の世界《ゴーストワールド》の薄暗い空で星が柔らかく光っている。われわれの世界の夕空に浮かぶ星の輝きに似ている。

　さらに登っていくと、巨大なトネリコの木の枝がまばらになってきた。風が冷たくなり、鉄の森のおだやかな音楽が消え、また星々のしんしんとした歌声がきこえてきた。さらに高く、さらに高く登っていくと、これほど巨大な木だというのに太い枝がほとんどなくなってきた。そこにひとつ空っぽの巣があった。

ワラを集めてきただけのようなみすぼらしい巣だ。それを守っているクロテンは黒一色で、死者の世界《ゴーストワールド》の闇にひそむ影にしかみえなかったが、歯だけはまっ白だった。

アンブロージは枝の上をはうようにして、その巣のところまでいった。そして鉄の枝をまたいで座ると下をみた。鉄の枝が螺旋《らせん》を描くように下へ下へと広がっていき、真珠《しんじゅ》色とも月光の色ともつかない薄闇のなかを通って、森の地面の闇に消えていく。登ってくる途中で通り過ぎた巣がいくつかみえる。そのなかで小さな裸の生き物が眠っていて、魔法使いとして生まれるのを待ちながらかすかに輝いている。

あたりを見回すと、白く光る星々がトネリコの木の枝の隙間にみえた。アンブロージは確信した。自分はここで寝ていた。そしてクロテンたちが食べ物を運んできてくれた。自分は死者の世界《ゴーストワールド》の音楽をきき、星々のかすかな歌声をきいていた。

クロテンの巣のなかには、まっ赤な花と、幅が広く平たい、白い骨があった。アンブロージは骨を拾い上げると、それには魔法使いが刻みつけた模様があった。呪いの言葉だ。

アンブロージは骨を両手の上で転がしてみた。模様が何を意味しているのかはわからなかったし、呪いなのかなんなのかもわからなかった。しかし、あの狼はこの骨を砕いてくれといっていた。骨は乾いてもろそうだ。アンブロージは骨を両手で持って割った。模様の線を断《た》った。そして木から放り投げた。骨のかけらは鉄の枝にぶつかって、闇のなかをくるくる回りながら落ちて落ちて、みえなくなった。

あたりがざわめき、羽ばたく音がきこえてきて、大ガラスが巣の端に下り立った。「雪のように白く、血のように赤く、クロテンのように黒い！」大ガラスがクズマの声でいった。「これでおまえは魔法使いだ、シンヴァ！　おまえはわしのところにきて、かつておまえが知っていたことをすべて、わしが学んだことをすべて学ばなくてはならない！」

アンブロージは大ガラスになぐりかかった。大ガラスは羽ばたいて巣の反対側に飛んだ。そしてカラスの声でけたたましく笑った。「おまえはマリュータを殺した」アンブロージがいった。

「わしが手を下さなくても、すぐに死んでいた」大ガラスがいった。「三百年生きさせてやるぞ。霊とともに生きる方法をわしから学べ」

「ひとりで生きるのに、三百年は長すぎる」

大ガラスは首をかしげるようにして、片目でアンブロージをみると、大声で笑った。「わしの教えることを学ばなければ、おまえはひとりきりになり、ひとりきりではいられなくなるぞ」

アンブロージは、それがどういうことかたずねなかった。

「霊たちは二度とおまえを放してくれないだろう。おまえはここのクロテンたちの仲間なのだ。ほら、そこにやってきた」

クズマのいうとおり、二匹のクロテンがそばにきて、黒く輝く目でアンブロージをみつめている。一匹は口にリンゴを、死者の世界《ゴーストワールド》の果実をくわえている。

「霊たちは永遠におまえにささやき続ける。寝ているときは夢のなかで、起きているときは耳のなかで。いつまでもついていく。そしてほかの霊を呼び寄せる。狼、熊、鳥。そしておまえはほかの世界に連れていかれ、どんな世界を歩いているのかわからなくなる。おまえは仲間といっしょにいたいと思っているが、受け入れられると思っているのか。おまえがしゃべれば風が起こり、おまえが歌えば、連中はいやでも踊り出す。おまえにつきまとう霊たちが連中の間をうろつき回り、おびえさせる。受け入れてもらえるはずがない、シンヴァ。おまえは追い出される。まえに追い出されたときと同じだ。おまえはひとりきりになる、が、ひとりきりではいられない」

アンブロージはうなだれた。その通りだと思った。「おまえの教えることなんか教わりたくない。魔法使いの術をおまえなんかから教わるもんか」アンブロージはクロテンから死者の世界《ゴーストワールド》のリンゴを取るとひと口かじった。野生のリンゴの苦さが広がり、口のなかが乾いたが、かんで飲みこんだ。

大ガラスは首を伸ばし、黒く長くごついくちばしをアンブロージのほうに向けた。「おまえは、何をしたのかわかっているのか」

「自分のすることくらいわかっている」

「おまえはもう死者の世界《ゴーストワールド》から出ることはできない。霊たちがふたたび選んでくれるまで出られないんだぞ。おそらく、そのときはこないだろう」

アンブロージはもうひと口、リンゴをかじった。

「あの猟師の子であっても、皇帝の奴隷であっても、もう少しは長く生きられたものを」

「こうさせたのは、おまえだ。おまえの教えることを学ぶか、短い生を選ぶか。なら、短い生を選ぶ」

「おまえはわしの願いを打ち砕くためだけに、三百年の命をあきらめるのか」

「短かったけれど、いい人生だった。ほかの人がほとんどみることもできなければ、きくこともできないものをたくさん目にしたし耳にした。そして素晴らしい物語をかたることができた。十分だ」

アンブロージはそういうとクロテンの巣のなかに横になり、手を枕にした。それからだるそうに転がると、目を半分閉じて、ほほえみながらいった。「すべては永遠に変わり続けるんだよ、おじいさん。ぼくはいつまでも変わり続けることを選んだんだ」

そういうとアンブロージは眠った。鉄のトネリコの木の高いところにある細い枝の上で。そこでは死者《ゴースト》の世界《ワールド》の鳥たちの歌がかすかに下から立ちのぼってきて、星々の鋼《はがね》のような合唱がまわりに響いている。クロテンの霊たちが大ガラスを追い払い、アンブロージを守ろうと身構えた。

マリュータは鉄の森の影のなかに消えた（と猫は語る）。おそらくバルデルの館《やかた》、沈黙の館にいく道をみつけたのだろう。しかし、そうであろうがなかろうが、そんなことを気にしてもしょうがない。マリュータはわれわれの知りえないところにいってしまった。そしてマリュータも、われわれのことなどどうでもいいはずだ。

アンブロージも安らぎの場所をみつけた。そこにいれば、だれよりも安全でいられる。高いところにある鉄のトネリコの枝で、鉄の森のまん中で、死者の世界《ゴーストワールド》で、霊たちに守られている。愛も気苦労も、あそこまではついていくことができない。

しかし、クズマはどうなったのか（と猫はたずねる）？　そして狐にかまれた子は？　狐にかまれた子は死者の世界《ゴーストワールド》の門の外に置き去りにされたままだ。

次は、そのふたりの話を語るとしよう。

第九章
狐にかまれた子の帰還《きかん》

狐にかまれた子のことを覚えているだろうか（と猫は語る）。狐にかまれた子は、死者でもなく魔法使いでもなく、死者の世界《ゴーストワールド》の門の外でアンブロージがもどってくるのを待っていた。そう、狐は座って、鼻を鳴らしながら閉じたままの門をながめていた。

待っているときの時間は長い。ほんの数分が一生続くような気がして耐えられないくらいに感じられるものだ。時間のないところで待つときの気持ちを想像してみてほしい。そこでは一秒も百年も長さが同じなのだ。

狼の姿で待つうちに、門は何度も開いた。ほとんどの人はひとりでやってきた。そのたびに門は開いて、男も女も、若者も年寄りも、子どもも赤ん坊も受け入れる。軍隊の兵士たちのために、数隻分《すうせきぶん》の水夫のために開くこともあった。こげくさいにおいのする人たちや、伝染病の病院のにおいのする人たちのために開くこともあった。しかし、アンブロージは出てこなかった。アンブロージに限らず、門から出てくる人はひとりもいない。

　やがて、狼はアンブロージが呪いの骨を砕いたことに気がついた。人間の姿にもどったからだ。まず後脚がまっすぐ伸び、それから前足が人間の手に変わった。その手で顔に触れてみると、人間の顔を取りもどしていた。それでもアンブロージは姿を現さない。狐にかまれた子は、アンブロージを門の外で待ち続けた。狐にかまれた子は門の外で待ち続けた。

　あるとき、大ガラスの叫び声で空気が震えた。見上げると、大ガラスの黒々とした影が死者の世界《ゴーストワールド》の薄明かりのなかにみえた。門の上を高く飛んでくる。大ガラスが飛び去ると、狐にかまれた子は門に背を向け、きた道をもどり始めた。友を裏切るかと思うとつらく、足は重かった。

　橋までもどってくると、血の川のそばに座って泣いた。さびしくてたまらず、恐ろしくてたまらなかった。そのさびしさと恐ろしさを、血のにおいと、闇に散らばった星々の耳をつんざく高い歌声がさらにあおる。この橋を渡ってくるときは狼の姿で、クズマに命令されてやってきたのだが、元の姿ではとても渡り切れそうにない。

　しかし、元の世界や仲間たちの楽しい思い出が待っているし、後ろには閉じた死者の世界《ゴーストワールド》の門があるだけだ――そう考えた瞬間、あるいは百年後――狐にかまれた子は勇気を振りしぼって橋を渡ることにした。手と膝をついて進んでいく。橋がうなりをあげた。

　渡り終えると、自然に道ができて陸の内へとのびていき、見覚えのある世界に近づいていった。夏になり、冬になり、やがて冬の闇のなか、トナカイを追う人々の小さな野営地までやってきた。つぎはぎだらけのテントはトナカイの皮でできていたが、トナカイは数頭しかいなくて、それも近くにつながれている。

黒と銀の空の下で、狐にかまれた子は凍った雪の上を歩き、うずくまって震えている犬のそばを通り、テントに入ると横になって眠った。

目が覚めても、自分の姿だった。温かいテントのなかには、仲間が集まっていた。といっても生き残った人々しかいない。どの顔も頬がこけて、皮の下の骨が浮き上がって、みすぼらしい。たれている髪ははりがなく、きたならしい。しかし、男も女も人の姿をしている。狼ではない。呪いは解けたのだ。

狐にかまれた子は何もいわなかったが、心の中は感謝ではち切れそうでそれが空まで響いてもどってくるのがきこえてくるかのようだった。狐はひとり、またひとり、みんなを抱きしめた。みんなも狐を抱きしめた。

それからみんなは狐の話に耳を傾けた。狐は語った。死者の世界《ゴーストワールド》への旅、橋と歌う星々、巨大な冷たい木、その木の枝にある多くの世界、血の川、闇と門。

狐は、魔法使いにならなかった若者の話をした。あの門を入って、あの木を登って呪いの骨を砕いて、みんなに人間の姿をとりもどしてくれて――そのままもどってこなかった若者の話。

帰りの旅、恐怖と絶望、みんなにふたたび会えた喜びを語った。

「やっと呪いが解けました」狐にかまれた子はいった。「これからは元のように暮らせます。父さんや母さんが生きていて、みんなが幸せだったときのように」

だがここのトナカイを追って暮らす人々は数が少なく、持っている物も少なかった。昔のように暮らしていたら飢え死にしてしまっただろう。だから散り散りになってほかの村にいき、仲間に加えてほしいと頼みこんだ。そして、呪いは解けてしまったので、受け入れてもらった。

　新しい家族に囲まれると、みんなは狼の姿だったときの話はしなくなった。村の道で吠えたときのことや、マリュータを襲ったときのことは話さなかった。そんな話は歓迎されないだろうし、だれも思い出したくなかった。こうして呪いを解いてくれた、魔法使いにならなかった若者の名は忘れられた。魔法使いにならなかった若者を死者の世界《ゴーストワールド》に導いていった者の名前も忘れられ、呪いをかけた魔法使いの名前さえ忘れられてしまった。この話は、だから、猫たちしか知らない。すべては永遠に変わり続ける。

　ところで、猫たちはクズマのことを知っているのだろうか（と猫はたずねる）知っているのはこれだけだ。クズマははるか北の地へもどり、冬から冬へ、闇から闇へ、長い人生を送りながら、世話の仕方を受けつぐ弟子のいない氷のリンゴの世話を続けた。

　期待を裏切られ、孤独で、付き合いも笑いも嫌いで、海を満たす塩水と同じくらい多くの悪意を心にくすぶらせたまま。夏でさえ、クズマの胸にはロキの心があり、口にはロキの息があった。

　死者の世界《ゴーストワールド》の霊たちはアンブロージを魔法使いとして生まれ変わらせようとするのだろうか。するとしたら、すぐにか、それともずっとあとになってからか？　猫たちは（と猫は語る）知らないし、自分もそれしかいえない。いまのところわかっているのは、アンブロージ――シンヴァ――はまだ鉄のトネリコで眠っているということだ。おそらく永遠にそこで眠り続けるのだろう。

　鉄のトネリコは死者の世界《ゴーストワールド》でいまも育っている。その根は混沌《こんとん》のなか深くまでおりていき、その鉄の葉は星々の間にまでのびていく。われわれの世界も、ほかの多くの世界も、その木の枝に引っかかった雲にすぎない。そしてその木で眠る者たちはわれわれのことを夢に見ている。

これがこの物語の終わりだが（と猫はいう）、これは次の物語の始まりでもある。もしそれが嘘だったら、この木のまわりを歩いているのはこの猫ではないということになる。

もしこの物語がおもしろいと思うなら、ほかの人に話してみるがいい（と猫はいう）。

もしこの物語が酸《す》っぱいと思うなら、甘くしてやるがいい。

だが気に入ろうと、気に入るまいと、この物語は持っていってほしい。やがてほかの舌にのって、わたしのところにもどってくるだろうから。

猫は金の鎖の間にうずくまり、胸の下に脚をしまった。

それから頭をあげ、耳を立てて、やがてカシの木の下で眠りこんだ。もう、歌も物語もきこえない。

訳者あとがき

『ゴーストドラム』は、魔法使いの老婆が百年ずっと誕生を待っていた赤ん坊をもらおうと、奴隷女のもとを訪れるところから始まる。自分の弟子として生まれた女の子だ。その子はチンギスと名づけられ、老婆のもとで立派に成長する。そして、宮殿の塔に閉じこめられている皇子サファを助けにいく。そこにクズマという男の魔法使いが立ちはだかる。

その続巻『ゴーストソング』は、クズマが弟子になるべき男の子をもらいに、やはり奴隷の男のもとを訪ねるところから始まる。ところがその男は息子を渡すことを拒否する。

つまり、『ゴーストソング』は『ゴーストドラム』を反転させた物語になっている。陽画と陰画のような関係にある。そして『ドラム』のほうは、神話や伝説の多くのパターンを現代的に展開させた物語で、ある意味、予定調和的に終わる。ところが、『ソング』のほうは早々にそこから逸脱《いつだつ》してしまう。

このファンタジーの世界では、魔法使いの弟子は、死者の世界《ゴーストワールド》で眠っていて、やがてその時がくると目ざめ、この世界に生まれる。するとそれを待っていた魔法使いがその子をもらって、自分の後を継ぐ魔法使いに育て、三百年の寿命を終えると死者の世界にいって眠り、ふたたびこの世界に生まれる時を待つ。

ところがその円環《サークル》が破綻《はたん》してしまう。それを破綻させたのは、奴隷の男マリョータだ。クズマはマリョータにこういいきかせる。

「その子は奴隷の息子として、ひとつの世界にしばられて生きるように生まれた者ではない。いいか、くず同然のおまえにいっておいてやる。もしその子を手元に置いておけば、おまえは自分の最《もっと》も大切なものをすべて失うことになるぞ。冬の闇のように黒く、氷のように白く、血のように赤く、クロテンの歯のように鋭《するど》いのだ、その子は！　その子はおまえに災いをもたらす！」

　そして「おれを呪《のろ》うな！」と叫ぶマリョータに向かって、「未来を語っているだけだ。呪ってなどいない。その子を渡せ！」と迫る。

　しかし、待ち望んでいた息子を抱きしめるマリョータは断固として拒否する。第一章を読んだ人は、子どもへの愛を貫いて運命に逆らったマリョータの苦難と、それを乗り越えての安らぎを期待するかもしれない。だが、作者はそのような安易な展開は用意していない。クズマは執拗《しつよう》にその子をねらう一方で、別の部族の父子までその渦中に巻きこんでいく。また魔法使いになるべく生まれ、アンブロージ（不死）と名づけられた息子は、やがて村から追放されてしまう。こうしてマリョータの愛と執着心が引き起こした事件は思いもよらない災厄をもたらすことになる。

『ゴーストドラム』で神話的世界を書いたスーザン・プライスは、『ゴーストソング』で、神話的な枠組みがはずれた世界を書いてみせた。そのなかでは、マリョータも、息子のアンブロージも不幸だし、別の部族の父と息子も不幸になる。そしてなにより、クズマ自身がだれよりも不幸なのかもしれない。クズマはマリョータに裏切られたのではない。運命に裏切られたのだ。怒りと嫉妬《しっと》と悲しみをつのらせたクズマは、意のままにならない運命を呪う。だが、それでも自分の弟子となるべく生まれた男の子を必死に取りもどそうとする。

　クズマは別の部族の人々に、北欧神話のロキとバルドルの兄弟の話をきかせる。兄バルドルは弟ロキに殺され、死者の世界の門を開けて迎えられる最初の者となるのだが、その話の後で、クズマはそこにいる人々にこういう。

> ロキはバルドルを、この世界を愛していたのだ。実際、だれよりも愛していた。なぜなら、ロキは自分たちの光と同様、自分たちの闇を知っていた、寒さと同様、温かさを知っていた、言葉と同様、沈黙を知っていた、そのうえで、すべてを愛していた。

いうまでもなく、クズマは自分をロキに重ねて語っているのだ。つまり、断ち切れた神話のサークルを懸命に元にもどそうとしているのだ。しかし、まわりの世界はそれを許さない。そして不幸になっていく。彼を取り巻く人々はその元凶はクズマだと思うが、そうではない。不幸の元凶は、クズマの象徴する古い世界と、マリョータたちの新しい世界の葛藤なのだ。

『ゴーストソング』は古い世界と新しい世界の相克《そうこく》の物語であり、ファンタジーの形を借りた現代小説といっていい。

　死者の世界を訪れたアンブロージはもう神話や伝説の人物ではない。傷つき、疲れ果て、ようやく最後に安らぎを得た現代人なのだ。

なお、本書の訳出にあたっては、Faber and Faber の *Ghost Song* by Susan Price (1992) を底本とし、同一九九四年版を適宜参照しました。

最後になりましたが、訳文と原文のつきあわせをしてくださった佐野真奈美さん、訳文をていねいにチェックしてくださった鹿児島有里さん、この企画を取り上げてくださったサウザンブックスのスタッフの方々、そしてなにより、このゴーストシリーズ完結を目指したクラウドファンディングに参加してくださったみなさんに心からの感謝を！

二〇一九年十一月七日

金原瑞人

著者紹介

スーザン・プライス（Susan Price）

1955年、英国ウェスト・ミッドランズ生まれ。18歳で作家デビューし、1980年代に歴史ファンタジーで高く評価される。フォークロアをベースにした作風が特徴。1987年に『ゴーストドラム』（*The Ghost Drum*）でカーネギー賞、1999年に『500年のトンネル』（*The Sterkarm Handshake*）でガーディアン賞を受賞。主な作品に「ゴースト」三部作（*The Ghost Drum, Ghost Song* and *Ghost Dance*）、『エルフギフト（上・下）』（金原瑞人 訳）、『500年のトンネル（上・下）』（金原瑞人、中村浩美 共訳）、『500年の恋人』（*A Sterkarm Kiss*、金原瑞人、中村浩美 共訳）など。

訳者紹介

金原瑞人（かねはら・みずひと）

1954年生まれ。翻訳家、法政大学社会学部教授。フィクション、ノンフィクション、児童書など、多ジャンルにわたって翻訳を手がけ、特に海外のＹＡ（ヤングアダルト）作品を精力的に翻訳し、日本に紹介。訳書は550点以上。主な訳書に『武器よさらば』（ヘミングウェイ）、『青空のむこう』（シアラー）、『月と六ペンス』（モーム）、『このサンドイッチ、マヨネーズ忘れてる／ハプワース16、1924年』（サリンジャー）、『リズムがみえる』（アイガス）など。エッセイ集に『サリンジャーに、マティーニを教わった』『翻訳家じゃなくてカレー屋になるはずだった』など。日本の古典の翻案に『雨月物語』『仮名手本忠臣蔵』『怪談牡丹灯籠』など。ブックガイドに、『10代のためのＹＡブックガイド150！』、『13歳からの絵本ガイド　YAのための100冊』、『翻訳者による海外文学ブックガイド BOOKMARK』など。

ゴーストソング

2020年2月27日　第1版第1刷発行

著　者　スーザン・プライス
訳　者　金原瑞人
発行者　古賀一孝
発　行　株式会社サウザンブックス社
〒151-0053　東京都渋谷区代々木2丁目23-1
http://thousandsofbooks.jp

装　画　ミツミマリ
装　丁　宇田俊彦
編集・制作　アーティザンカンパニー株式会社
印刷・製本　シナノ印刷株式会社

Special thanks

sato yumio、西川 鷹司、大野木寛、東山紬、探見倶楽部 吉田明美、
菅澤 麻里 (sugasawa mari)、松嶋美咲、鳥井雪、深緑野分

ISBN978-4-909125-16-3　C0097

すべてを支配された冬の国を駆ける
魔法使いの苛烈な物語、開幕。
英国発ダーク・ファンタジーの傑作シリーズ、第一弾

悪に立ち向かう見習い魔法使いは、
世界と自分を救えるのか？
鮮烈で苛酷な闘いの物語、ついに完結。

英国発ダーク・ファンタジーの傑作シリーズ、第三弾